Verspeelde Liefde

Chris Jansen

Malherbe Uitgewers Publikasie

Outeur: Chris Jansen
Voorbladontwerp: Malherbe Uitgewers
Geset in Franklin Gothic Book 12pt
ISBN 978-1-991455-91-8
Eerste Uitgawe 2025

Hoofstuk 1

Adriaan Swart sit ontspanne onder die lapa, 'n koue bier in die een hand. Sy vingers gly oor die rekenaar se sleutelbord maar sy gedagtes dwaal saam met die bries wat oor sy nat skouer streel, 'n welkome verligting ná sy vinnige swem. Vryheid se hitte byt nie so fel soos Ladysmith s'n nie, dink hy, en hy verdiep hom weer in sy werk. Die wêreld verdwyn om hom tot 'n stem agter hom skielik deur die stilte sny. Hy ruk regop, sy hart hamer in sy bors.

"Waarmee is jy nou weer besig?" wil Lindi, sy suster, weet terwyl sy haar ligbruin hare vasmaak in 'n poniestert en daar 'n glimlag verskuil lê in haar groen oë.

"Hallo, Sus. Ek skryf en doen so bietjie navorsing vir my nuwe boek!"

"O! Ek het gedink jy is in gesprek met 'n dame, die dat jou vingers so flink oor die skootrekenaar se toetsbord gly so al of jy dit streel," terg sy.

"Uitgevang! Dit is presies waarmee ek besig is."

"Wat! Dit is 'n eerste! Wys jou net, wonderwerke gebeur nog," snip sy.

"Nou kan jy dalk ophou vrou soek vir my. Op vyftig kan ek my eie soekwerk doen, al is my hare min," grom hy kastig kwaai met tergduiwels wat ronddans in sy oë

"Ag gaan bars, man! Wys my nou die profielfoto," flikflooi sy

"Jy is lekker nuuskierig," skerts hy en draai die skootrekenaar om haar die foto te wys. Hy kan eintlik nie wag om haar gesigsuitdrukking te sien nie.

"Ag nee! Hoe kan jy met 'n skedel 'n gesprek voer? Nee! Ek gril my morsdood," sê sy, en wikkel haar skouers verontwaardig. "Het jy vergeet waarteen jy my nog altyd gewaarsku het, Boeta?" berispe sy hom so half en half.

"Het jy nou klaar gal gebraak, Sus? Wat is nou eintlik die rede vir jou besoek?"

"Johan het 'n paar kollegas oorgenooi vir 'n braai en ons wil jou graag daar hê," antwoord sy met 'n geslote gesigsuitdrukking.

"Ek hoop net nie jy voer weer iets in die mou nie. Ek sê weer, ek is nie op soek na 'n vrou nie!"

"Ja, ja. Jy het jou punt gemaak," sê sy en soengroet hom op die wang.

Met 'n glimlag op sy gesig kyk hy haar agterna.

Na hulle ma se dood was sy die sagte moederfiguur wat die huishouding op haar geneem het, en vandag kloek sy nog steeds om hom. Gewoonlik is sy kwansuis toevallig in die omgewing en bring 'n bord gekookte kos, want sy het te veel gekook. Ander kere werk Johan Siebert, haar eggenoot, laat dan sal sy gou vir hom iets te ete kom maak. Lindi is op haar gelukkigste wanneer haar mense gelukkig is, daarom die vrou soek want dit pla haar dat hy so alleen bly. Dat hy dit so verkies is vir haar onverstaanbaar.

Hy moet erken, die alleenheid begin aan hom knaag. Hy mis daardie spesiale glimlag, daardie vonkel in die oog - maar of hy weer kan vertrou, weet hy nie. Kyk maar op Facebook hoe kla mense oor eensaamheid en tog soek almal 'n maat. Miskien is die mens net nie gemaak om alleen te wees nie. Hoewel hy die groepe se humor geniet, bly hy steeds hunker na daardie diep, betekenisvolle geselsies.

Dit moet net nie sy suster se ore bereik nie, want soos hy haar ken, staan hy môre voor die kansel. Hy weet reeds wat sy sou sê: "Verander jou profielfoto, Kleinjan!" Daardie foto van hom met die baard en bosveldhoed jaag vir Lindi die berge in. Hy hoor haar stem in sy kop: "Jy sal nooit 'n vrou kry met daai foto nie. En skeer daai baard!"

Terwyl hy nog so sit en peins, klink 'n pieng op sy skootrekenaar. Hy glimlag. Nog 'n plasing van Skedeltjie - een van Jonny Ox se aanhalings wat iets van haar geaardheid verraai. Sonder om te huiwer, los hy 'n kommentaar. Die antwoord wat terugkom laat hom besef: mens kan nie 'n persoon na waarde skat op grond van 'n profielfoto alleen nie.

Hy wik en weeg nog of hy vir Skedeltjie 'n vriendskapsversoek moet stuur toe sy foon vibreer. Dit is 'n WhatsApp-boodskap van Denise. Hy glimlag. Sy is op pad Amanzimtoti toe vir 'n week se vakansie en wil weet of sy 'n aand by hom kan oorslaap. *Meer as welkom* - hy tik die woorde in met 'n glimlaggende gesiggie en plaas sy foon langs sy skootrekenaar neer.

Hy en Denise is al jare vriende. Geeneen van hulle stel regtig belang in 'n vaste verhouding nie - die seer van die verlede het hulle albei versigtig gemaak. Maar hy moet erken: sy is beeldskoon met haar slanke lyf, smaraggroen oë en raafswart hare. Wie weet wat sou gebeur het as hulle nader aan mekaar gebly het?

Afstand. Dit maak wél saak in enige verhouding, maak nie saak wat mense sê nie.

Hy verdiep hom so in sy skryfwerk dat hy skoon van tyd vergeet. Eers toe sy selfoon vibreer en Lindi se naam op die skerm verskyn sien hy hoe laat dit is en uiter 'n kragwoord. Hy het skoon van tyd en die braai vergeet.

Dig en skryf het vir hom heling gebring. Deur die karakters in sy stories het hy weer leer lag, hoewel hy nog sukkel met vertroue.

Hy is dankbaar hy is nie 'n vrou nie want binne tien minute is hy gereed, geklee in 'n kakie driekwart broek, blou T- hemp en 'n gemaklik paar bruin skoene.

Hy wonder wat gaan Lindi sê wanneer sy hoor Denise Ekron kom by hom aan huis oorslaap, op pad see toe.

Sy vermoede dat sy suster weer 'n vrou aan hom wil voorstel was nie ongegrond nie. Die gul ontvangs van sy suster met die woorde, “Kom laat ek jou voorstel,” bevestig sy vermoede, want hy is nie bewus van 'n nuwe kollega by Johan se werk nie.

"Sonja, laat ek jou voorstel aan my ouboet, Adriaan. Adriaan, dit is Sonja Els. Sy help Johan-hulle met die Perdereddingsprojek op Mooiplaas onder die wakende oog van Steven Brink. Ek weet nie presies wat dit behels nie, maar Johan sê sy is 'n spesialis op die gebied," eindig Lindi die bekendstelling met 'n glimlag in haar stem.

"Bly te kenne," antwoord hy op haar "Aangename kennis," terwyl hy die ander met die hand wuifgroet.

Hy moet erken, Sonja is aantreklik met haar blonde, skouerlengte hare en heuningbruin oë. Haar spontaniteit is aansteeklik en tot sy verbasing deel hulle nogal baie dieselfde belangstelling, behalwe dat hy niks van perde rehabilitasie en hoe hulle vir terapie aangewend word, weet nie. Toegegee, dit is Lindi se beste keuse van 'n maat in vergelyking met al die ander waaraan sy hom voorgestel het. Hy hoop net nie Steven, die haan onder die henne, met sy lenige lyf, sonverbleikte goue hare en hemelsblou oë, probeer sy geluk met haar nie. Teen die einde van die aand ruil hy en Sonja nommers uit. Dit sê al klaar baie, want hy is 'n man wat gesteld is op sy privaatheid.

Die glimlag op Lindi se gesig en die vonkel in haar oë spreek boekdele.

"Ek het jou mos gesê ek sal vir jou 'n vrou kry," hoor hy haar al sê.

Hy moet erken dit was nogal lekker om so saam met die klomp te kuier. Na sy egskeiding het hy al hoe meer sy eie geselskap begin verkies. Sy vertroue in die teenoorgestelde geslag het 'n knou gekry toe hy sy vrou saam met 'n katelknaap in die bed betrap het.

Die pyn en vernedering wens hy niemand toe nie. Tien jaar later speel daardie toneel nog steeds soos 'n rolprent voor hom af asof dit in sy geheue ingebrand is.

'n Frons keep tussen sy oë. Is hy nou besig om die kluts kwyt te raak, wonder hy. Sy kop is behoorlik vol muisneste en dit vir 'n man wat 'n paar ure gelede doodtevrede was met sy eie geselskap en die van die karaters in sy stories. Nou wals Denise en Sonja soos wafferse ballerinas deur sy kop. O vrek! Hy het vergeet om vir Lindi te vertel van Denise en dat sy vir haar 'n skildery gaan saambring as 'n blyk van waardering vir een of ander iets wat sy glo vir Denise gedoen het.

Hy kan nie help om te wonder of Sonja ook vir Steven se sjarme gaan val nie, want hy sukkel maar om die teenoorgestelde geslag te vertrou. Hy en Steven was nog nooit beste maats nie, maar die dag toe hy Steven aan die bors gegryp het oor sy gespog van al die vrouens wat hy al op sleeptou geneem het, was dit die laaste spyker in die doodskis betreffende hulle vriendskap. Johan en Lindi weet dit, en dit was die rede vir Steven se afwesigheid by die braai.

Die hitte en die spoke in sy kop gaan hom uit die slaap hou. Hy stap swembad toe; 'n *skinny dip* is wat hy nou nodig het. Wie wil nou sulke luuksheid opoffer vir 'n vrou wat jou heel moontlik nog in die rug gaan steek? Nee dankie, nie vir hom nie.

Afgekoel en wawyd wakker, met 'n glas Coke in die hand, trek hy weer sy skootrekenaar nader.

Die karakters in sy storie sal hom maar vanaand geselskap moet hou.

"Neels moet hoop hy kry hom nie in die hande nie, kan nie glo hy verniel Karen so nie." Hy is so verdiep in die gesprek met sy karakters terwyl sy vingers oor die sleutelbord van die rekenaar gly, dat hy skoon van tyd vergeet. Net gou vinnig loer wat op die Facebook groep aangaan voor hy gaan inkruip, dink hy. Die kwinkslae van Skedelvrou laat hom glimlag. Sy is beslis nie op haar mond geval nie.

In een plasing het sy gesê sy is altyd bereid om te luister... met 'n gasie wyn of twee vir die pyn. Hy glimlag vir al die kommentaar wat gelewer word en besluit om ook kommentaar te lewer deur vir haar te sê sy wyn is op en te vra of hy maar by haar 'n glasie kan kom geniet. Aangesien dit al in die vroeë oggendure is, verwag hy nie enige reaksie nie.

Groot is sy verbasing toe 'n antwoord binne ongeveer twee minute deurkom.

Wees net versigtig op die kelder se trappe.

Daar word hy met stomheid geslaan. Adriaan besluit hy wil net gou op haar persoonlike Facebook-blad, natuurlik onder sy skuilnaam, Doringrosie, gaan loer. Hier ontdek hy ook 'n ander kant van haar. Die plasings op haar blad is glad nie ligsinnig nie, maar eerder filosofies.

Dit laat hom wonder wat die storie agter die storie is. Iemand wat by Stellenbosch universiteit studeer het is beslis nie 'n hierjy nie. Aan die ander kant kan mens ook nie alles glo wat jy op Facebook lees nie, maar aan sy instink twyfel hy nie.

Adriaan wik en weeg of hy vir haar 'n vriendskapsversoek moet stuur of nie.

Voor hy nog kan besluit vibreer sy foon 'n WhatsApp boodskap van Gerhard, sy ou universiteit vriend: *Sien jou binnekort vir 'n kuier.*

Sien uit na die kuier, antwoord hy terug

"*Is jy 'n man, of muis*?" beantwoord hy Skedeltjie se plasing en druk die send knoppie. Genadiglik is die groen liggie langs haar naam dood wat beteken sy is nie meer aanlyn nie. 'n Sug van verligting ontglip sy lippe. Hy het nou heeltemal buite sy gemaksone opgetree en dit twee keer op een aand. Iewers moet daar 'n skroef los wees of hy raak nou oud, dink hy.

Met die gedagte wat in sy kop maal, stap hy kamer toe met die hoop om 'n paar uur se slaap in te kry.

Hoofstuk 2

Op Mooiplaas staan Sonja en kyk hoe Petrus September, die staljong, vir Prins, die swart hings, roskam terwyl haar gedagtes nog by gisteraand se braai is. Sy moet erken, Adriaan is nogal 'n hunk vir sy ouderdom. Stewig gebou met gespierde bene en arms wat 'n vrou behoorlik sal kan vashou.

"'n Sent vir jou gedagtes," laat Steven glimlaggend van hom hoor.

"Ek dink maar net aan gisteraand se braai. Ek moet erken, dit was nou 'n lekker kuier!"

"Was Adriaan ook daar?"

"Ja, nogal 'n aangename man om mee te gesels."

"Dit is seker nie Lindi se broer nie, want hy is maar 'n ou suurknol met geen liefde vir die Eva geslag nie," brom Steven terwyl hy wegstap stalle toe nog voor sy daarop kon reageer.

Sonja kyk hom verbaas agterna "Sjoe, hy is beslis nie 'n aanhanger van Adriaan nie. Ek wonder waarom?" wonder sy hardop.

Sy moet nou wikkel indien sy betyds wil wees vir vanoggend se parkrun saam met Lindi.

Tipies vrou wonder sy wat tussen Steven en Adriaan gebeur het, maar sy gaan nou nie moeite doen om agter die kap van die byl te kom nie. Aan stories steur sy haar nie en oor drie maande is sy in elk geval weer weg.

Dit is haar hartsbegeerte om Prins te ry, maar dit is glo niemand beskore nie want hy is te befoeterd. Genade, kyk waar staan die tyd al, sy sal nou moet wikkel. Met haar hare in 'n poniestert vasgemaak, swart vroue kortbroek, geel T-hemp en rooi pet, is sy betyds gereed vir die parkrun.

Terwyl die sonstrale deur die kamervenster op die houtvloer dans, teug Adriaan aan 'n beker boeretroos. Die stoom wat so dartelend uit die beker trek laat hom aan 'n vrou dink wat paaldans en haar lyf elegant tergend om die paal beweeg.

"Nou raak jy kens, Adriaan!" spreek hy homself aan terwyl hy met sy beker koffie en skootrekenaar swembad toe stap om verder onder die lapa aan sy boek te werk.

Vinnig loer hy op Facebook om te sien of Doringrosie sy vriendskapsversoek aanvaar het. Hy weet nie of hy bly of teleurgesteld moet wees omdat sy nog nie op sy versoek reageer het nie.

Sy karakters wil ook nie saamwerk vanoggend nie. Sy aandag is nie by hulle nie want Denise se boodskap dat iets voorgeval en sy haar vakansie moet uitstel, het hom onkant betrap. Hy het nogal uitgesien na 'n lekker kuier saam met haar.

Snowy, sy geliefde kattekind, het nou net sy besluitneming vir hom vergemaklik toe sy op sy skoot gespring het. Werk en Facebook is taboe, en hy maak sy skootrekenaar toe. Hy sal maar sy frustrasie op die 5km parkrun gaan uithaal, want dit is beter as om doelloos hier rond te sit. Wie weet, net dalk besluit Doringrosie alias Skedelvrou soos hy haar noem, om sy vriendskapsversoek te aanvaar.

"Môre, Sus." Hy kyk na die meisie langs Lindi. "Môre, Sonja. Ek het nie geweet julle kom parkrun vanoggend nie?"

"Dit is te danke aan Sonja dat ek hier is. Ek sou veel eerder nog in die bed wou lê," sê Lindi.

"Welgedaan, Sonja. Hierdie kleinsus van my is baie lui om te oefen," skerts Adriaan.

Nog voor sy daarop kan regeer, roep die beampte uit: "Go!"

Al geselsend begin hulle draf. By die drie kilometer merk jaag die asems en word die gesels al hoe minder. Hy laat die dames voor hom klaarmaak.

Terwyl hulle aanstap kar toe, nooi hy vir Sonja op die ingewing van die oomblik om die middag by hom te kom swem en braai. Lindi se gesigsuitdrukking spreek boekdele.

Sonja knik haar kop instemmend, en 'n tyd word afgespreek.

"Het jy het nou wraggies al jou varkies gaan staan en verloor?" spreek hy homself skerp aan.

Mooi was nog nooit lelik nie, moet hy toegee. By gisteraand se braai het hy opgemerk sy geniet 'n *Bernini Blush*. Hy sal by die drankwinkel 'n draai moet gaan maak. Hy kan nie onthou wanneer laas hy alleen saam met 'n vrou, behalwe Denise, gekuier het nie.

Sonja is sag op die oog en daardie sagte kurwes, slanke bene en lyf is beslis strelend op die oog. Die gedagte daaraan stuur so 'n vibrasie deur sy lyf wat hy vinnig onderdruk. *Hou jou in Adriaan, jy is vyftig nie 'n tiener nie*, maan hy homself. Sy oog vang Snowy waar sy op die pers jakarandablom kombers sit en die voëls wat in die boom kwetter, dophou.

Hy laat sy oog weer vlugtig oor die braai-area gly om homself te vergewis dat alles netjies in gereedheid vir die braai is. Nuuskierigheid kry die oorhand en vinnig trek hy sy skootrekenaar nader om te loer of Skedeltjie al sy vriendskapsversoek aanvaar het. Nog niks. Hy sien sy was gistermiddag laas op Facebook. Dit is eintlik vreemd, want sy is gereeld op Facebook. Dit val hom toe by dat sy gesê het sy gaan vir so drie maande op 'n perdeplaas werk.

Hy voel ietwat skuldig omdat hy so min by sy karakters kuier, maar dit is Neels se skuld. Hy is nie lus vir die Neels karakter wat so wreed teenoor Karen optree nie. Adriaan maak 'n paar aantekeninge in sy notaboek om later in sy verhaal by te werk.

Sonja voel hoe haar wange gloei. "Jy bloos nou soos 'n tienermeisie," betig sy haarself.

Dit is nou al meer as tien jaar sedert haar en Jacques Els se paaie geskei het. Die man wat in die openbaar as saggeaard en liefdevol voorgehou is, 'n ware heer in die oë van ander, was agter geslote deure iemand anders. Sy woorde was soos lemme wat deur vel en been sny, sy tong 'n instrument wat haar selfbeeld stukkie vir stukkie verbrokkel het. Soos 'n beeldhouer met 'n hamer en beitel 'n klip vorm, so het hy haar opgebreek, nie met fisiese geweld nie, maar met emosionele skrapings wat haar diepste wese getref het. En toe hul huwelik uiteindelik verbrokkel, was sy die een wat die skuld moes dra. Sy het nie haar man se gesag gerespekteer nie, het selfs die predikant haar verwytend meegedeel. Niemand het geweet hoe dié man wat só opgehemel is, haar met sy woorde afgetakel het nie. Niemand het gesien hoe sy hom moes bedien, hoe sy nagte honger moes gaan slaap omdat hy die kos wat sy gemaak het, sonder 'n sweem van spyt, in die asblik gegooi het net om self iets anders te gaan koop nie. Tot vandag toe neem sommige van haar familie haar dit nog steeds kwalik. Maar dis verby. Dit is water onder die brug. Dit is tyd om aan te beweeg.

Sy het al voorheen saam met 'n vriend uitgegaan, maar dit was nooit iets meer as net vriendskap nie. Haar besluit om nooit weer 'n man te vertrou nie, het steeds staande gebly.

Terwyl dun straaltjies water oor haar lyf vloei, voel sy hoe die seer van die verlede stadig daarmee saam wegspoel. Sy vee die druppels uit haar oë, druk die water uit haar hare en draai 'n handdoek om haar lyf. Op die bed sit sy en blaas haar hare droog, haar gedagtes stil en gefokus op die oomblik. 'n Rukkie later trek sy 'n driekwart-denim aan, saam met 'n wit kortmou-bloes en gemaklike sandale - gereed vir die aand se braai.

Op die stoep loop sy vir Steven raak.

"En vanwaar die haas, Gehasie?" vra hy met 'n ligte laggie.

"Ek is op pad na Adriaan toe. Hy het my vir 'n braai genooi," antwoord sy terloops.

"Net jy alleen?"

"Sover ek weet, ja. Maar jy sal my moet verskoon, ek wil gou nog by die slaghuis aandoen. Ek hou nie daarvan om met leë hande by 'n braai op te daag nie," sê sy terwyl sy die trappe af na haar motor toe draf.

Steven frons effens terwyl hy haar agterna kyk. Slaan my om met 'n veer, dink hy. Adriaan, die man wat altyd so anti-vrou was, het homself duidelik begin oopstel. Hy is bly. Sy gewese vriend is besig om uit sy dop te kruip, en dalk is dit tyd om dinge tussen hulle reg te stel. Sy ego het wel 'n knou gekry, maar hy het dit verdien. Hy het te veel grootpraat en leuens verkondig en dit het hom sy vriendskap met Adriaan gekos. Veral toe hy losbek raak oor sy avonture onder die skoner geslag. Toe hy die grens oorskry en van rondslaap praat, was dit net so goed as om 'n rooi vlag voor 'n bul te swaai. Die ergste? Dit was alles net wind en 'n spul leuens.

Sonja se oë gly oor Adriaan se bene en bultende kuite waar hy voor die rooster staan en braai. Hy maak die vrouwees in haar wakker, meer as wat sy wil erken. Sy wonder hoe dit sal voel om die spiere onder die hemp met haar hande te verken. Die gedagtes maak dat 'n blos haar wange bekruip wat sy met 'n kopskud uit haar gestel probeer kry.

Hy kyk met waardering na die ronding van haar borste toe sy vorentoe leun om die drankie te neem wat hy na haar uithou. Dit voel soos 'n elektriese stroom wat deur sy liggaam vloei toe hulle hande aanmekaar raak. Sy glimlag skalks, terwyl hulle hande langer as wat veronderstel was aanmekaar raak en hy in haar bruin kykers verdrink. Vir 'n breukdeel van 'n sekonde merk sy die bewondering in sy oë voor hy dit weer versluier. Die waarneming wek ook emosies van om te bemin en om liefde te ervaar, by haar.

Adriaan struikel oor sy woorde soos emosie deur sy kop maal. Een oomblik wou hy niks van vroue weet nie, toe is hy teleurgesteld omdat Denise nie meer kom kuier nie en nou laat Sonja sy hart warm klop. Hoe langer daar gekuier word en hulle mekaar beter leer ken, hoe meer aangetrokke raak hulle teenoor mekaar.

Hy voel teleurgesteld toe die kuier ten einde loop. Vir die eerste keer in jare, behalwe nou vir Denise se kuier, het hy 'n vrou se geselskap geniet. Met die wat hy die deur vir haar oophou raak die ronding van haar bors aan sy hand. Dit voel kompleet of 240 volt elektriese lading deur sy lyf stroom en hy bedank haar met 'n heesheid in sy stem vir 'n lieflike aand.

Lank nadat die ligte van haar voertuig reeds verdwyn het, roep hy haar beeld op en wonder hoe sal dit wees om haar in sy arms te neem en vurig te soen.

Nadat hy gestort het, trek hy sy skootrekenaar nader om te kyk wat gaan op Facebook aan. Groot is sy verbasing toe hy sien Skedeltjie het sy versoek aanvaar.

Met 'n senuweeagtige gevoel wat sy hart omvou dink hy vir daaraan om 'n persoonlike boodskap te stuur om haar bedank vir die aanvaarding van sy vriendskaps-versoek.

"Is jy Man of muis, Adriaan?" Om sy vraag te beantwoord, bedank hy haar met 'n persoonlike boodskap

Hoofstuk 3

Net soos twee boksers mekaar voel-voel in die eerste ronde van 'n boksgeveg, begin die gesprek tussen hom en Skedelvrou. Adriaan sukkel om aan die gesels te kom, want dit is vir hom vreemd. Hy en sosiale media is nou nie juis beste maats nie. Sy nuuskierigheid is die dryfveer agter alles, want hy wil meer van die misterieuse vrou te wete kom. Dit is vir hom volksvreemd om vir iemand wat jy nie ken nie, nag te sê, veral op Facebook.

Hy voel tog in 'n mate trots op homself, want hy het iets vermag wat hy nooit gedink het hy sou doen nie. Toe sy hom vertel van haar katte, het hy selfs 'n foto van Roy, sy eerste kat wat op sy lessenaar lê, gestuur. Hy weet sy is lief vir diere, die natuur en hou van stap, en doen ook soms parkrun.

Of hy dit nou wil erken of nie, die misterie van die vrou lok hom soos die nektar van 'n blom 'n by lok.

Lindi sit op hete en kole en wag vir Sonja vir hulle ontbyt afspraak in die Wimpy.

Skaars het Sonja gesit toe wil Lindi weet hoe die kuier by haar broer verloop het.

"Van nuuskierigheid is die tronk vol en die kerk leeg," sê Sonja tergend en lag dan vir die verslae uitdrukking op Lindi se gesig.

"Dit was baie lekker, dankie. Jou broer se droë sin vir humor het my lekker laat lag. Ek moet erken dat hy nogal sexy gebou is, en natuurlik het Snowy wat so op sy skoot lê my hart geraak," erken Sonja eerlik.

"Kan jy nou meer. Is jy seker jy het by my broer, Adriaan, gekuier?" wil Lindi met geligte wenkbroue weet.

Die glinstering in Sonja oë laat Lindi besef dat sy nie gegrap het oor Adriaan nie.

Die geselskap tussen Adriaan en Skedelvrou is al mooi op dreef. Hy weet darem nou wat die kleur van haar oë en hare is so hy kan al 'n mooi beeld skep wanneer hulle gesels.

In sy geestesoog sien hy die passie in haar oë; kan hy die opwinding in haar stem hoor wanneer sy hom vertel van die perde wat hulle red. Die perde word veral gebruik om kinders met gestremdhede te help. Selfs depressie-lyers vind baat daarby.

Hy kon haar pyn aanvoel toe sy hom vertel van haar eie perd wat nie gered kon word nie. Dit het hoendervleis op hom laat uitslaan.

Lank nadat hulle gegroet worstel hy met die vraag in sy kop. Waarom 'n profielfoto van 'n skedel? Dit moes eerder 'n engel of perd gewees het.

Adriaan hoop dat hy eendag die storie agter die storie sal kan hoor.

Dit het nou al 'n instelling geword dat hy en Sonja Saterdae die parkrun gaan doen en dan die middae saam kuier, swem en braai. Haar innerlike en uiterlike skoonheid begin nou sy hartsnare roer en sy hormone is behoorlik deurmekaar. Hy moet nou nie gaan staan en verlief raak en 'n vriendskap beduiwel nie, dit is wat gewoonlik gebeur wanneer 'n mens die verhouding verder vat.

Denise staan terug, en laat haar oë oor die skilderdoek wat op die esel staan, gly. So ontbloot sy nog 'n stukkie van haar siel. Die pad na genesing was lank en het haar hart rou geskaaf.

Tiens se woorde, "Jy doen dit nie meer vir my nie, ek wil skei," het haar hele menswees in repe gesny en haar lewe soos 'n kaartehuis in mekaar laat tuimel.

Wilma se skielike troue het al haar planne omvergewerp, maar dit is seker maar deel van ma wees - die opoffering van jou plesier vir jou kind se belange. Sy het werklik uitgesien na 'n kuier saam met Adriaan. Die gedigte wat hy met haar deel, praat met haar siel. Sy is al vertroud met die karakters in sy nuwe roman soos hy hulle stories met haar deel. 'n Warm gevoel omvou haar hart en sy onderdruk dit net so vinnig as wat dit by haar opgekom het.

Haar selfoon bliep. Wil jy nou meer, sy staan nou net aan hom en dink.

Adriaan: *hoop die kuier is uitgestel en nie afgestel, want dit voel nou al na 'n ewigheid na die uitstel.*

Sy antwoord en plaas 'n glimlaggie by. *Net uitgestel. Werk nog aan die laaste afrondings vir die kunsuitstalling in Durban. Gerhard Steyn druk my vir meer werke.*

Sy verdiep haarself weer in haar skilderdoek soos sy haar siel verder ontbloot met die kwas op die doek. Sy ruk behoorlik van skrik toe haar selfoon lui en antwoord sonder om te kyk wie se nommer op die skerm verskyn. 'n Koue rilling beweeg teen haar rug op en dit voel kompleet of haar keel toegedruk word toe sy Tiens se stem na byna 'n dekade nog steeds herken. Die seer en vernedering flits deur haar geheue. Wonde wat besig was om te genees, word nou weer van vooraf oopgekrap. "Here, hoe kan u dit toelaat?" vra sy saggies.

"Tiens, ek is jammer maar na tien jaar het nog niks verander nie. Ek is presies nog dieselfde vrou wat tien jaar gelede dit nie vir jou gedoen het nie!"

"Ek weet. Dit was die grootste fout van my lewe, maar dit is nie die rede hoekom ek jou wil sien nie."

"Jy kan mos oor die telefoon jou sê, sê, maar ek dink jy is in elk geval vermetel om my na tien jaar te kontak en te dink ek sal jou wil sien!"

"Asseblief, ek moet jou sien."

"Nee, Tiens. Daar is nie iets soos 'n moet nie, en ek is nie bereid om jou ooit weer te sien nie," antwoord sy.

Daar heers 'n ongemaklike stilte

"Asseblief, gee my net kans om te verduidelik," smeek hy.

"Totsiens Tiens. Moet my asseblief nooit weer kontak nie, want indien jy sou sal ek 'n hofbevel teen jou kry," sê sy en beëindig die gesprek.

Tiens swets. Dit is nou 'n gemors. Hy wil hom nie eens indink wat sal gebeur as Jack Swartbooi haar in die hande kry nie. Hy verstaan dat sy nie met hom wil praat nie. Oor die foon kan hy haar nie vertel nie. Hoe bring hy dit by haar tuis, dat haar lewe in gevaar is.

Woede pak Denise beet. Die vermetelheid. Hoe durf hy! Nou na tien jaar. "Bedaar, bedaar!" maan sy haarself, terwyl sy opstaan om 'n koppie tee te gaan maak.

Dit voel of haar wentelbaan besig is om te kantel. Eers was dit die vakansie wat sy moes afstel, toe Tiens wat uit die bloute van hom laat hoor, Lindi wat maar vaag is oor Sonja en Adriaan, terwyl Adriaan se boodskap weer 'n ander storie vertel. Hopelik na 'n koppie tee sal sy beter voel en meer klarigheid kan kry. Haar koppie is skaars koud toe haar telefoon lui. Glimlaggend antwoord sy toe sy Adriaan se naam op die skerm sien.

"En waaraan het ek die eer te danke?"

"Ek wil jou persoonlik uitnooi om die week voor die kunsuitstalling te kom kuier. Lindi sê sy aanvaar ook geen verskoning nie, en dat haar gastekamer gereedstaan vir jou,"

"Uitnodiging aanvaar," antwoord sy glimlaggend.

"Afgespreek. Ek sien werklik uit na jou kuier," antwoord hy.

Denise frons. Sy sien uit na haar kuier, maar die eerste keer sou sy by hom tuisgaan en nou het Lindi hulle gastekamer vir haar reggemaak. Is daar dalk meer as net vriendskap tussen hom en Sonja?

Adriaan sien uit na Sonja se kuier vanaand. Hy het haar genooi vir ete om haar so bietjie te beïndruk, en kerrie is nou maar sy spesialiteit. Met die aroma van die pruttende kerrie wat in die vertrek hang, trek hy sy skootrekenaar nader om 'n bietjie te loer wat gaan op die groepe aan. Hy is nie juis in die bui vir sy karakters nie, hoewel hy weet dat hy sal moet deurdruk met die Neels vent. Hy sien Skedeltjie, soos hy haar noem, is aanlyn en hy besluit om vir haar 'n persoonlike boodskap te stuur en so spottenderwys te verneem of sy nog wyn in die kelder het. Toegegee, hy geniet haar kwinkslae. Sy is beslis nie op haar mond geval nie en sit die manne op 'n mooi manier gou op hulle plek indien hulle begin persoonlik raak. Net voor hy 'n boodskap stuur, lui die interkom foon. Swetsend stap hy om dit te antwoord. Hy is nie nou lus vir mense nie.

Hy is onmiddellik op sy agtervoete toe hy Steven se stem herken. 'n Kriewel kruip teen sy rug op toe hy die hek oopmaak.

"Wat soek jy hier? Het jy vergeet wat gebeur het?"

"Jy was net gelukkig, ek het dit nie verwag!"

"Wat soek jy? Jy is besig om my tyd te mors

"Kan ons asseblief soos beskaafde mense praat?"

"Nou maar goed! Kom in. Ek het nie baie tyd nie, ek verwag 'n gas," antwoord Adriaan.

Adriaan het skoon vergeet van die kos, terwyl wat hy en Steven die onderwerp wat die onenigheid veroorsaak het, bespreek. Hy kry nie lekker vat aan die storie van Steven nie, maar sal hom die voordeel van die twyfel gee. Toe die reuk van gebrande kos sy neusvleuels prikkel, vlieg hy op. "Verskoon my!" stap hy met lang uitgerekte treë kombuis toe.

Steven merk Adriaan se irritasie en besluit om hom uit die voete te maak siende die strybyl eenkant laat lê is.

"Dan groet ek maar eers. Jammer oor jou kos wat gebrand het," laat hy van hom hoor, maar die kyk wat hy van Adriaan ontvang spreek boekdele. Ook maar goed hy loop nou, want anders was die vredesband van korte duur.

Al swetsend skuif Adriaan die pot van die stoofplaat af. Hy sal liefs nie die woorde wat in sy kop draai, herhaal nie.

Al genade nou is braai of 'n restaurant, maar hy is nie lus vir 'n klomp mense nie.

"Is dit die rede?" vra hy homself, terwyl hy sy kop skud en so klarigheid probeer kry. Dit is alles te danke aan Steven dat sy kos verbrand het en hy nou besluiteloos staan. Hy hoor al Denise as hy haar moet vertel. 'n Vraagteken verskyn tussen sy oë. Waar pas Denise nou in die prentjie?

Sonja lag, toe hy haar van die petalje vertel en gee sy skouer 'n drukkie voor sy gaan sit en haar bene elegant kruis. Die beweging en haar bloes wat so vleiend haar kurwes beklemtoon, laat Adriaan se mond droog en hy uiter geluidloos 'n woord toe hy ingedagte aan die punt van die braaitang vat. Skielik voel hy half onbeholpe. "Ruk jou reg!" bestraf hy homself.

In 'n skitter sekonde merk Sonja die emosies wat in sy oë weerspieël word, voor hy dit weer versluier. 'n Ligte blos verkleur haar wange, want Adriaan is besig om gevoelens en gedagtes in haar aan te wakker wat al hoe sterker word met elke samesyn van hulle. Sy kan in Adriaan se optrede ook sien dat hy meer oopmaak teenoor haar. Sy houding teenoor Steven se gespog rakende die vroue wat hy op sleeptou gehad het, wys haar dat hy 'n man van inbors is, met respek vir 'n vrou. Was dit nie vir die verbrande kerrie nie, sou sy seker nou nog gewonder het wat tussen die twee mans gebeur het. In die een kant is sy bly daar is vrede tussen die twee, want sy en Steven werk saam en sy kon die spanning aanvoel elke keer wat sy Adriaan se naam genoem het. Dit het haar nie voorheen gepla nie, maar nou wonder sy wat die band tussen Adriaan en Denise is. Sy weet hulle is vriende, vriende met voordele? Sy bloos vir haar eie gedagtes. Gelukkig staan hy met sy rug na haar toe en kan nie die blos op haar wange sien nie. Denise sou oorspronklik net vir 'n naweek kom kuier het, maar nou kom sy vir 'n week. Sy kry skaam vir haar gedagtes, want nog nooit was sy jaloers nie en sy ken nie eers die vrou nie.

Hoofstuk 4

Nadat hy hom vir die hoeveelste maal deurgelees het, voel Adriaan uiteindelik tevrede met sy manuskrip. Vol vertroue klik hy die stuurknoppie om die manuskrip na sy uitgewer te stuur. "Nou maar net wag en hoop," sê hy vir homself.

Sy oog vang die groen liggie langs Skedeltjie se naam en dadelik is hy nuuskierig om te kyk wat sy kwytraak. Dalk moet hy hoor of sy wyn het en of hy kan kom kuier in die kelder. Hierdie verwarring in sy gemoed speel woer-woer met sy emosies. Minder as maand gelede was hy doodgelukkig op sy eie, maar toe kom krap Sonja sy hormone deurmekaar en skielik doem Denise se beeld ook gereeld voor hom op, wat meer verwarring veroorsaak. Dalk het Skedeltjie wysheid om met hom te deel, want die verwarrende emosies beïnvloed sy denke. Hy het net sy vraag mooi gestruktureerd en sy vingers was gereed om te tik, toe die interkom skel. "Verdomp!" mompel hy, "wie kan dit nou wees?" Hy verwag nie gaste nie.

"Laat jy al jou gaste so lank wag?"

"Denise, wat 'n verrassing," laat hy glimlaggend van hom hoor terwyl hy die skakelaar langs die interkom druk om die hek te laat oopskuif.

Die piksoen en stywe drukkie krap sy emosie nog meer deurmekaar.

"Nooi jy my nie in nie?"

"Tik my om met 'n veer, maar kom ons gaan sit onder die lapa, dit is koeler daar."

"Is jy seker dit is koeler daar of lê jou notas weer die wêreld vol?" wil sy laggend weet.

"Teen die tyd ken jy my ook al baie goed. Jy is reg, die notas lê die wêreld vol, maar dit is regtig koeler daar."

Hulle vergeet skoon van tyd soos stories vertel en gedeel word en kort-kort word daar lekker gelag.

Sonja frons. Gewoonlik stuur Adriaan 'n WhatsApp boodskap om te hoor hoe gaan dit, maar vandag het sy net 'n goeiemôre boodskap gekry. Terwyl sy haar foon uithaal om vir hom 'n boodskap te stuur, kom Steven aangestap en groet vriendelik.

"Lindi stuur groete, ek het haar in Checkers raak geloop. Denise het hulle kom verras en nou is sy besig met 'n paar inkopies terwyl Denise vir Adriaan gaan groet het.

Adriaan se stilswye maak nou vir haar sin. Kuier seker te lekker en nou is sy vergete, dink sy.

"Billy Stroebel van *The Horse Haven* het laat weet dat die vier perde vir ons Perdereddingsprojek op die plaas aangekom het. Ek is juis nou op pad om te gaan kyk hoe lyk hulle. Jy kan saamry."

"Met graagte, ek gaan kry net gou my sonbril," antwoord Sonja nog voor Steven sy sin kon voltooi.

Die atmosfeer is nogal gemoedelik in Steven se viertrekvoertuig. Geleidelik begin Sonja ontspan en geniet die mooi van die natuur. Dit stem haar tot rustigheid, sodanig dat sy van Adriaan en Denise se saamkuier vergeet en Steven se kwinkslae amusant vind. Haar foon vibreer en sy sien dit is 'n boodskap van Adriaan: *Wat maak jy*? Vinnig antwoord sy terug: *Ek is saam met Steven, ons gaan na die perde kyk by The Horse Haven. Kan nie nou gesels nie.*

"En nou die frons?" wil Steven weet.

"Net my gedagtes wat weer hulle eie draaie stap."

"Die gedagtes se naam dalk Adriaan?"

"Nee, wat laat jou so dink."

"Ek wonder maar net," antwoord Steven met 'n breë glimlag.

"Ag gaan bars. Vertel my eerder iets van jouself, waar kom jou liefde vir perde vandaan?"

"Lekker nuuskierig. Jy wil seker weet of daar waarheid steek in al die stories dat ek 'n haan onder die henne is. Die antwoord is ja. Het ek rondgeslaap? Die antwoord is nee. Dit is die kort van 'n lang storie."

Met die dat hy sy gesig na haar draai sien sy die rou emosie van seer in sy blou oë verskans, en sy besef die lyne om sy oë is nie net as gevolg van meer as veertig jaar se sonskade nie. Hoeveel mense loop met maskers rond om pyn en seer te verskans, wonder sy.

"Ek hou van lang stories, so ek luister graag."

"Dalk eendag, om 'n kampvuur sal ek dit met jou deel. Dit is iets waaroor ek nie graag praat nie. My liefde vir perde het van kindsbeen af begin. Ons het naby die skouterrein gebly waar gimkanas gehou was. Ek was elke dag by die stalle. Die staljonge het my naderhand geken en toegelaat om te help met die roskam en koudlei van die perde. Toe ek 10 jaar oud was, het my pa my rylesse laat neem by die ryskool en daar het my liefde vir perde begin. 'n Mens kan soveel by perde leer. Perde is strelend vir die gemoed. Hulle is wie hulle is en gee nie voor nie. Hulle jok nie en manipuleer nie. Hulle oordeel nie en beskuldig nie. Net hulle teenwoordigheid alleen kan ongelooflike heling bring. Plekke soos *The Horse Haven*, *Kom Tot Rus*, *Perde Rus*, ag al die reddingsplekke lê my na aan die hart, so ook mense wat perde aanneem. Gerhard Steyn is een van hulle. Jy sal hom volgende week ontmoet, wanneer hy vir Adriaan kom kuier.

"Ag, dit is niks ernstig nie."

"Niks ernstig lyk nie so nie, toe uit daarmee," laat Denise van haar hoor. Terwyl sy vorentoe leun om haar glas lemoensap van die tafel te vat span haar bloes styf, wat haar sagte bates beklemtoon.

Die beweging gaan nie ongesiens by Adriaan verby nie. Dit stuur so 'n ligte tinteling deur sy are wat hom ietwat van stryk bring en maak dat hy byna oor sy woorde struikel.

"Dit is Steven!"

Denise kyk hom fronsend aan terwyl sy haar oë op skrefies trek. "Steven, wat van Steven? Het daar iets met hom gebeur?"

"Nee, wat laat jou dink daar het iets met hom gebeur?" vra Adriaan so half geïrriteerd.

"Jou houding toe jy van Steven praat."

"Dit gaan eindelik oor Sonja. Sy is saam met Steven na *The Horse Haven* toe om na perde te gaan kyk. Jy ken vir Steven. Hy is 'n rokjagter, hy het selfs al by jou aangelê en Sonja ken hom nie soos ons hom ken nie..."

"Maar Sonja kan seker na haarself kyk. Ek meen as sy vrou genoeg is, sal sy nie vir sy sjarme val nie, en buitendien werk hulle elke dag saam," sê Denise, terwyl sy Snowy wat teen haar kom skuur het, optel. "Of is daar so ietwat meer as gewone omgee te bespeur?" vra sy, terwyl sy haar haarvlegsel wat oor haar bors lê, oor haar skouer gooi.

"Het jy nou sowaar al jou varkies gaan staan en verloor daar op Kranspoort?" wil Adriaan weet terwyl hy opstaan. "Ek gaan haal eerder vir ons nog iets te drinke, want lyk my die son tas jou aan. Jy weet hoe ek oor vrouens en verhoudings voel."

"Dankie, maar niks meer vir my nie. Ek weet hoe jy oor vrouens en verhoudings voel, maar tyd stap aan en wonde heel."

"Pfff, nou is jy werklik die kluts kwyt."

Denise kyk hom agterna toe hy wegstap. Sy moet erken hy is nogal aantreklik en daardie paar kuite van hom maak hom nog meer sexy. Sy bekommernis oor Sonja laat haar wonder of daar nie meer as net vriendskap in steek nie. Skielik voel sy so 'n benoudheid, is dit dalk jaloesie? "Nou is jy laf," betig sy haarself.

"'n Sent vir jou gedagtes."

"Vir my om te weet en vir jou om uit te vind," antwoord sy met 'n skalkse glimlag.

Voor hy daarop kan reageer vibreer sy selfoon en hy sien dit is 'n boodskap van Sonja: *Kan ons vanaand se kuier verskuif na 'n ander aand? Was 'n uitputtende dag.* Hy reageer met 'n duimpie.

"Die frons? Wag laat ek raai, 'n boodskap van Sonja."

Adriaan antwoord nie.

Billy kyk Steven se bakkie agterna, tot dit spikkelklein in die vêrte verdwyn. Sonja verbaas hom. Nie net is sy mooi nie, maar haar kennis oor perde verstom hom. Dit is 'n eerste dat een van Steven se vriendinne meer in perde as in hom belangstel. Maar bygesê, sy werk ook aan die perdereddingsprojek op Mooiplaas. Hy hoop net nie Steven se seer, wat hy met sy rondflankeer wil kamoefleer, gaan sy reputasie permanent skaad nie. Die meeste mense sien hom maar as 'n rokjagter, want sy optrede getuig daarvan, maar die rede daaragter lê diep verskuil in sy hart. Dit is ook 'n groot rede vir sy betrokkenheid by Johanhulle se perdereddingsprojek. Afgesien van sy liefde vir perde, is perde ook terapie vir innerlike genesing vir hom. Nou dat hy daaraan dink, dit is of Steven baie rustiger geword het nadat hy Prins, die swart hings, ingebreek het. Dit was vir hom 'n soete oorwinning, want hy wou al moed opgegee het met Prins. Dit is of die inbreek van Prins 'n rustigheid oor Steven gebring het.

"Kyk waar staan die tyd al, ek moet gaan. Dankie vir die sap en, net so terloops, jy lyk nogal goed, die grys in jou baard laat jou nogal sexy lyk. Iets is beslis aan die broei," sê Denise tergend.

"Duidelik het die son jou aangetas. Net so terloops, Gerhard Steyn kom ook in die week kuier."

"Ek weet. Hy het vir my gesê toe hy kom kuier het op Kranspoort. Maar nou moet ek eers ry, ons gesels later weer," groet Denise. Verbeel sy haar of was daar so ietwat van 'n verbasing in Adriaan sê oë te bespeur, wonder sy toe sy wegry.

Nee wat, vroumense sal hy nooit verstaan nie, dink Adriaan terwyl hy haar motor agternakyk. Net sodra hy dink dit is dalk tyd om aan te beweeg, kry hy so 'n koue skouer gevoel. Wat het Gerhard by Denise gaan maak? Dat Sonja saam met Steven was, kan hy in 'n mate verstaan, want perde is deel van haar werk.

Laat hy maar gaan kyk wat is interessant op Facebook, want om te sit en tob oor vrouens gaan hom niks in die sak bring nie. Hy sien Skedeltjie is aan lyn, want die groen liggie langs haar naam brand. Hy besluit om haar te vra oor haar dag: *En hoe behandel die dag jou sovêr?* Net toe hy dink sy gaan nie antwoord nie, sien hy sy is besig om 'n boodskap te tik. So 'n opgewonde vlinder-in-die-maag gevoel vind by hom 'n tuiste. "Jy is erger as matriekseun op 'n eerste afspraak," betig hy homself.

"Wat 'n ongelooflike lekker dag. Ek het saam met 'n kollega na perde gaan kyk op hierdie ongelooflike mooi plaas. Dit is geleë in 'n vallei omring deur berge, maar die lowergroen het my asem weggeslaan, dan praat ek nie eens van die verskeidenheid voëlsoorte nie. Dit is werklik 'n stukkie paradys. Die metamorfose van die perde wat deur die redding- en

aannemingsproses is, is ongelooflik. Ek babbel so dat ek skoon vergeet om jou te vra oor jou dag. Dit sal ongelukkig moet oorstaan, want ek is genooi vir 'n braai en die tyd haal my nou in. Ons gesels weer later."

Adriaan skakel sy rekenaar af terwyl hy opstaan om die ketel te gaan aanskakel. Die liedjie van David Kramer, *Stoksielalleen op 'n Saterdagaand*, bly in sy kop draai.

Dit is nou wel nie Saterdagaand nie, maar stoksielalleen is hy. Dit het hom nooit in die verlede gepla nie, maar vandat hy gewoond geraak het aan Sonja se geselskap pla sy eie geselskap hom. Dalk is daar iets op televisie wat hy kan kyk. Soos 'n sprinkaan spring hy van een kanaal na 'n ander totdat hy naderhand die televisie afskakel en die afstandbeheer vies eenkant neersit.

Die feit dat Gerhard vir Denise gaan kuier het, laat hom wonder of daar iets tussen die twee aan die gang is. Die wonder laat hom met ietwat van 'n benoudheid in die bors. "Die wonder van wonder, nè," sê hy kopskuddend terwyl hy kamer toe stap, wetend dit gaan weer 'n nag van rondrol wees.

Hoofstuk 5

Die stories oor Steven spook vandag by haar. Sy glo die stories moet waar wees aangesien hy dit self erken het, tog vertel sy oë 'n ander storie, 'n storie wat sy graag sal wil hoor. Sonja is so vasgevang in haar gedagtewêreld dat sy glad nie 'n voertuig hoor aankom het nie. Die toeklap van die voertuig se deur laat haar wip soos sy skrik. Sy het skaars van haar skrik herstel toe daar 'n klop aan die deur is.

"Waar is Steven? Hy antwoord van gisteraand af nie sy foon nie!"

"Hy is by die perde."

"Wel, sê jy vir hom Melanie Nel laat nie met haar mors nie!"

Voor Sonja kan antwoord, draai Melanie in haar spore om en stap met uitgestrekte treë na haar viertrek toe, terwyl Sonja haar oopmond agterna staar. Haar rooi hare, groen oë en rooi gemanikuurde naels pas beslis by haar humeur, dink sy.

Nou weet sy wat die rede vir Steven se stilswye is, dink Melanie en swaai haar lenige, goedgevormde bene behendig die viertrek in.

Sonja mimiek Melanie se optrede teatraal na. Sy ruk byna haar nek uit lid van skrik en voel hoe haar wange verkleur toe Steven skielik agter haar praat.

"Met wie praat jy?"

"Niemand, het net hardop gedink," antwoord sy blosend. Haar selfoon se bliep laat haar frons toe sy die boodskap lees.

"Iets fout?" vra Steven besorgd.

"Nee, net 'n boodskap van Lindi. O! Voor ek vergeet, Melanie is op soek na jou."

"Ek het nie geweet julle ken mekaar nie," sê Steven

"Ons doen nie. Ek was toevallig hier toe sy jou kom soek het," antwoord Sonja.

Vir 'n oomblik verbeel sy haar sy sien ergernis in sy blou oë blits voor hy met 'n "dankie" omdraai en weg stap. Die woede in Melanie se groen kykers spook by haar terwyl sy die ketel aanskakel om vir haar 'n koppie tee te maak. Sy is bly sy nie in Steven se skoene nie. Haar telefoon lui net toe die ketel kook en Adriaan se naam verskyn op die skerm. Sy wil eers die oproep ignoreer, maar besluit daarteen.

"Hallo, Adriaan. Dit is nou 'n verrassing. Ek het nie gedink dat ek in die week iets van jou gaan hoor nie, met die wat Denise kom kuier het."

"Nou is jy lekker laf. Ek wou nou juis hoor of jy nie vanaand wil kom braai nie, dan kan ek jou en Denise aanmekaar voorstel."

"Ongelukkig nie vanaand nie. Billy het my en Steven oorgenooi vir 'n ete want daar is glo beleggers wat belangstel om by die perdereddingsprogram betrokke te raak en meer te hore wil kom. Ek is werklik jammer"

"Wat van môreaand?"

"Dit sal lekker wees, dankie. Sal ek by Steven hoor of dit hom ook sal pas? Eerlik, ek sien nogal uit om Denise te ontmoet."

"Dan is dit afgespreek. Tot môre dan," groet Adriaan en beëindig die gesprek. Vererg sit hy sy foon langs sy skootrekenaar neer terwyl 'n vraagteken tussen sy oë kom rus. Gisteraand was sy te moeg, vanaand gaan hulle weer na Billy toe... Dit is nou wel werk gedrewe, maar dit ontstel hom nog steeds.

"Kyk, nou begin jy jou varkies verloor," berispe hy homself.

Sonja wonder wat die band tussen Steven en Melanie is, want sy lyk nogal baie eie met Steven. Maar nou ja, dit het niks met haar te doen nie. Vanaand se funksie is informeel en met genoeg tyd ophande besluit sy maar om te gaan kyk of daar iets interessant op Facebook aangaan.

Sy sien Kleinjan is aan lyn en 'n glimlag omvou haar mond. Sy korswel oor wyn en die kelder is vir haar spesiaal. Dit is altyd 'n aanknopingspunt vir hulle lekker gesels. Terwyl sy nog so sit en wonder of hy vandag gaan gesels, pieng haar rekenaar en verskyn sy boodskap op die skerm.

Hoop jy het genoeg wyn in die kelder, want ek het beslis meer as een glasie nodig. Ek wil juis by jou hoor, of jy nie vir my 'n handleiding het wat ek kan bestudeer om die vrouegeslag te kan verstaan nie.

Sy proeslag en stik amper aan haar koffie, want as prentjie-mens sien sy al die erns op sy gesig. Terwyl sy nog besig is om vir hom 'n boodskap te tik, maak liewe beurtkrag sy onwelkome verskyning.

"Ag bliksem!" uiter sy 'n kragwoord, want sy het vergeet om na die skedule te kyk en nou is sy onkant betrap. Sy sal maar vir Kleinjan laat weet wat het gebeur sodra die krag aankom. Vir rond sit en niks doen sien sy nie nou kans nie en besluit maar om te gaan kyk wat gaan by die stalle aan. Haar senuwees knaag ietwat, want môre bied sy haar eerste klas in perde terapie aan. Sy sien hoe Steven Prins koudlei na hy hom gery het. Dit laat so 'n vlinder gevoel in haar maag ontketen, as sy sien met wat se liefde Steven Prins versorg.

'n Glimlag vorm om sy mond toe hy haar sien. Sy sien sweet liggies pêrel op sy voorkop toe hy Prins aan Johannes oorgee en naderstap.

"Het jy verlang? Die dat jy my nou kom opsoek het," tergvra hy.

"Nee, so gelukkig is jy nog nie. Ek het vergeet van beurtkrag en met die netwerk af was ek nie lus vir my eie geselskap nie, toe besluit ek maar om die perde se geselskap te kom opsoek. Hulle geselskap bied baie meer heling as sommige mense."

Steven lig sy wenkbroue. "Nou hoe so?"

"Dit is maar net hoe dit is. Adriaan het ons genooi vir 'n braai, maar ek het vir hom gesê ons het 'n sake-ete by Billy vanaand, toe het hy dit uitgestel na môreaand."

"Is jy seker hy het my ook genooi?" vra hy verbaas. "Dit sal 'n eerste wees."

"Daar is altyd 'n eerste," sê sy en glimlag terwyl sy 'n blonde haarstring van haar wang afvee.

'n Spiertjie spring in Steven se wang terwyl hy haar agternakyk toe sy terugstap huis toe. Sy is mooi en deel sy belangstelling, maar hy weet nie of hy ooit weer 'n vrou sal kan vertrou nie.

Dit voel of 'n ligte elektriese stroom deur Sonja vloei, toe Steven haar liggies aan die elmboog vat om haar in die viertrekvoertuig te help, so al of die speserygeur van sy naskeermiddel haar sinne bedwelm. Die gesels terwyl hulle ry is heel gemoedelik en so kom sy meer te wete van Paul wat môre kom vir terapie met die perde. Hy is 'n persoon wat ly aan 'n swak selfbeeld, post-traumatiese stres en was vir vier en twintig jaar werksaam by Korrektiewe dienste. Met hul aankoms op The Horse Haven, kom Billy hulle vriendelik tegemoet gestap. 'n Ligte frons kom rus tussen Steven se oë.

"Welkom. Jy kan maar ontspan Steven, want daardie frons tussen jou oë spreek boekdele. Kom ons stap deur daar na die braai afdeling dan deel ek al die nuus met julle," laat Billy van hom hoor.

Die frons tussen Steven se oë verdwyn, terwyl 'n glimlag sy mond omvou. "Duidelik ken jy my al teen die tyd, die voordeel van jarelange vriendskap," sê Steven, terwyl hy Billy met 'n stewige handdruk groet.

Sonja verlustig haar in die natuurskoon, die roep van die piet-my-vrou en 'n loerie wat verbyvlieg. Sy sien ook hoe die wolke saampak.

"Jy kan maar weet, as die piet-my-vrou roep en die miertjies en insekte begin woel, is reën aan die kom," laat Billy van hom hoor, terwyl hy toekyk hoe Buffel die huiskat tussen Sonja se sonbruin bene wat deur haar liggeel somers rok beklemtoon word, deurvleg. Buffel wip ewe kordaat op haar skoot toe sy gaan sit en begin selfvoldaan spin. Toe sy, sy lang wit hare streel, gee hy so 'n wyd oopbek gaap.

"Buffel! Nee," raas Billy so al of die kat hom aan Billy sal steur.

"Los hom, ek gee glad nie om nie. Ek is mal oor katte."

"Wel, dit is 'n eerste. Hy is gewoonlik menssku en gaan kruip weg as hier mense kom. Maar wag, laat ek nou nie my pligte as gasheer vergeet nie. Wat kan ek jou te drinke aanbied? Steven drink bier."

"'n Sap sal heerlik wees dankie," antwoord Sonja.

"Nou goed. Laat ek julle nie langer in die duister hou nie, want ek sien Steven raak al kriewelrig. Die borge het die kontrak geteken en borg die perdereddingsprogram vir nog 'n verdere twee jaar. Gerugte doen die rondte dat daar môre weer onluste gaan wees by die Empangeni afdraai. Dit is die rede vir die borge se afwesigheid. Die ander goeie nuus moet maar wag vir later," deel Billy hulle mee. Steven se wenkbroue trek saam en 'n frons kom rus tussen sy oë.

"Wat bedoel jy met nog goeie nuus?"

"Van nuuskierigheid is die tronke vol en die kerke leeg. Jy sal maar net moet wag. Johan, Lindi en Melanie sal seker nou hier wees, dan kan Johan maar self die nuus met julle deel."

As Steven maar net weet hoe benard die perderedding se finansies is, kry hy sowaar 'n hartaanval, dink Billy.

Sonja vee 'n lastige haarstring van haar wang af. Nou weet ek wat Lindi bedoel het met haar boodskap, dat sy 'n verrassing vir my het, dink sy. Maar waar pas Melanie in die prentjie, wonder sy.

Die atmosfeer is gesellig. Terwyl die braaivleisvuur knetter en die vlamme aan die houtstompe lek, sien Billy hoe Steven al hoe meer kriewelrig raak.

"Johan, ek dink jy moet maar die goeie nuus met ons deel voor ons die vleis op die kole kry. Steven kriewel so, mens sou sweer hy sit op 'n miernes," korswel Billy.

"Nou maar goed, laat ons die formaliteite agter die rug kry, dan kan ons die aand verder geniet. Melanie, ons hoof van bemarking, het haar span laat voelers uitsteek oor wat die ruiters in ons omgewing se gevoel is rakende 'n poloveld waar naweke wedstryde gespeel kan word. Dit was oorweldigend positief. Ons het toe ons voelers verder uitgesteek na al die provinsies en van die oorsese klubs. Soos julle self weet is die omgewing hier tussen die berge prentjiemooi. Met die inligting tot ons beskikking het ons verskeie besighede genader vir 'n borgskap. Om 'n lang storie kort te maak, die nodige fondse is bekom, planne is opgetrek en so gaan die onbenutte grond agter die stalle op Mooiplaas ontwikkel word. Nie net gaan dit 'n poloveld wees nie, daar gaan ook vyf selfsorg-eenhede opgerig word, vir uitverhuur aan toeskouers en selfs ruiters wat naweke daar wil oorslaap. Dit sal nie net vir die perderedding 'n finansiële inspuiting wees nie, maar ook vir die terapie afdeling."

"Billy, jy het dit die hele tyd geweet en my niks gesê nie," laat Steven van hom hoor.

"Moenie vir Billy kwaad wees nie. Dit is jy wat my oproepe ignoreer. Laat dit nou vir jou 'n les wees," korswel Melanie.

"Ja, ja! Ek kry die boodskap," brom Steven.

Sonja kyk hoe Melanie haar kop agtertoe gooi en haar hare golwend oor haar skouers val, terwyl sy laggend 'n staaltjie met Steven deel. Die groen monster kom maak hom ongenooid tuis in haar hart. "Jy ken die man se reputasie en nou laat jy hom toe om jou hormone op hol jaag," betig sy haarself.

Johan volg die rigting van Sonja se oë terwyl hy hom op die stoel oorkant haar tuismaak en sy bene uitstrek voor hom. "Melanie se span het goeie werk gedoen, maar ek is bevrees Steven sal moet vergoed, want Melanie doen niks verniet nie," korswel hy.

Die uitdrukking op Sonja se gesig spreek boekdele maar voor sy nog iets kan sê, glimlag Johan.

"Nee, ek grap net. Die twee kom al 'n lang pad saam. Almal het gedink dat daar iets meer as vriendskap aan die ontwikkel is tussen hulle, maar toe nie. Dit is ook nog 'n storie vir 'n ander dag."

Sonja neem 'n sluk van haar sap terwyl 'n vraagteken tussen haar wenkbroue kom rus. Sy haat dit as mense haar nuuskierigheid prikkel en dit dan net so in die lug laat hang.

"Billy het ons genader om te hoor of daar nie nog 'n manier is om fondse te genereer nie, want die borge se fondse saam met die '*adoption*' program dek ook maar net die basiese uitgawes.

"Steven is vir Billy soos 'n seun. Hy het hom onder sy vlerk geneem toe hy gebroke van die stad hier kom werk soek het. Die plaas behoort aan Billy. Steven huur dit by hom, maar Billy ploeg die huurgeld net so terug in die plaas. Natuurlik as 'n anonieme borg. Ek vertrou jou nou met baie vertroulike inligting om vir jou die prentjie te skilder van wat eintlik hier aangaan. Steven se passie en liefde vir die perde weerspreek sy karakter van rokjagter, dit is eintlik al wat ek wil sê. As Billy se rekenmeester, behartig ek en Melanie die bemarking en reklame.

"Jy weet net nie hoe bly ons is dat hy en Adriaan hulle verskille eenkant toe gestoot het nie. Nadat hy Prins ingebreek het, het daar 'n rustigheid oor hom gekom. So al of dit wat hom gejaag het, in die niet verdwyn het," deel hy haar mee.

Adriaan loop brommend kombuis toe om vir hom 'n glas koeldrank in te gooi. Vanaand verveel sy eie geselskap hom. Daar gaan ook niks op Facebook aan nie en vir Twitter se politiek sien hy nie kans nie. Hy sal maar gaan lê en lees. Vinnig loer hy of daar nie dalk 'n boodskap van Skedeltjie is nie, maar daar is niks. Met 'n diep sug skakel hy sy skootrekenaar af en met 'n boek in die hand stap hy kamer toe.

Hoofstuk 6

Tiens Ekron se selfoon lui net toe hy sy grys Opel Corsa 1.4 bakkie wil aanskakel. Hy sien dit is Jack Swartbooi en 'n benoudheid omvou sy hart. Met sweterige hande beantwoord hy die oproep.

"Yes, Jack. Wat is..."

"Môreaand tienuur, sorg dat jy betyds is." Met die woorde beëindig Jack die gesprek.

'n Koue angs knel om sy bors toe hy Denise se nommer skakel. "Antwoord jou bliksemse foon," prewel hy woedend terwyl die foon aanhou lui en uiteindelik na stemboodskap oorskakel. Ná die derde probeerslag druk hy die selfoon gefrustreerd in sy hempsak en skakel die bakkie aan. Met sy voorarm vee hy die sweet van sy voorkop af en draai by Spar se parkeerarea in. Hy het brandewyn nodig. Die vrees lê vlak in sy bruin oë, en vir 'n oomblik laat hy sy kop swaar teen die stuurwiel rus. Met skouers wat steeds styf en gespanne is, klim hy uit en stap met lang, haastige treë na Tops. Sy hand bewe effens toe hy die kassier betaal en hy groet net met 'n ligte kopknik voordat hy uitstap.

Buite huiwer Tiens 'n oomblik langs sy bakkie, sy blik onrustig oor die parkeerterrein. Hy sluit die deur oop en klim in. Sy vingers bewe toe hy 'n sigaret uit die pakkie haal en tussen sy lippe plaas. Hy steek dit nie dadelik aan nie, haal dit weer uit sy mond en sit dit terug in die pakkie. Sy senuwees is dun geskaaf. Hy moet by die huis kom. Hy moet dink.

Tuis skink hy vir hom 'n brandewyn en sluk dit met een teug weg. Die bruin vloeistof brand van sy keel af tot in sy maag, maar bring 'n dowwe kalmte met hom saam. Hy vul 'n bierglas met ys, gooi 'n dubbele sopie brandewyn in en vul die glas met Coke. Met die glas in die hand gaan sit hy in sy uitskopstoel, steek 'n sigaret aan en trek die rook diep in sy longe. Hy blaas dit stadig deur sy neus en mond uit terwyl hy sy foon uit sy sak haal en 'n nommer skakel. Die feit dat die sindikaat hom afpers met Denise, is kompleet of hulle n gelaaide pistool teen sy kop hou. Aanvaar hy die omkoopgeld en oorhandig die dossier, word hy gebrand-merk as 'n 'bad cop'. Doen hy dit nie, is Denise dood.

Sonja se senuwees is nog aan die knaag toe Melanie met haar viertrek en 'n manlike passasier by die stalle stop. Rats wip Melanie met haar slanke bene by die deur uit, terwyl haar passasier maar stadig uitklim.

"Hallo, vriendin. Laat ek jou voorstel aan Paul Nell. Paul, dit is Sonja Els, jou terapeut," sê sy en knipoog vir Paul. "Is Steven hier? Ek het hom gister die roede gespaar, maar nou wil ek sy kop vir hom gaan was," laat Melanie van haar hoor, terwyl sy omdraai en wegstap voordat dat Sonja 'n woord kan inkry.

Paul en Sonja kyk verbaas na mekaar en begin dan lag.

"Dit is Melanie op haar beste," laat Paul van hom hoor. "Ek moet eerlik wees. Ek staan maar negatief teenoor perdeterapie, maar soos jy nou gesien het - as Melanie 'n ding in haar kop het, is daar geen keer aan haar nie. Jy kan maar sê sy het my hierin geboelie," sug Paul.

Sonja sien die irritasie en onsekerheid in sy bruin oë flits terwyl hy met sy hand oor die agterkant van sy kop streel en so paar sweetdruppels op sy bles blink.

"Kom, laat ek jou gaan voorstel aan The Pink Lady, dan gesels ons weer."

Sonja sien die verandering op Paul se gesig en die bewondering in sy oë toe hulle die stal binnestap en hy die bruin merrie met haar blonde stert sien.

"Sjoe, wat 'n pragdier, 'n toonbeeld van grasie en krag. Kyk net die spiere," laat hy met 'n hees stem van hom hoor. The Pink Lady runnik, lig haar kop en gee so 'n stappie terug toe Paul nader stap. Paul streel liggies oor haar kop, teen haar nek af en dan oor haar rug.

"Dit is nou 'n dier wat gesag en respek afdwing. Ons gaan beslis groot maats word. Jy sien, Sonja, toe ek by die gevangenis begin het, was gesag en respek die milieu waarin ek gewerk het. Daar was 'n trots wat ambisie om in jou loopbaan te vorder by jou aangewakker het. Ja, ek weet respek word verdien en kan nie afgedwing word nie, maar ek verskil van die stelling. Met die wegdoen van die militaristiese stelsel het alles uitmekaar begin val.

"Die unies en menseregte snert het dit net vererger. Lede het nie meer respek vir hulle seniors nie en dit het deurgesyfer tot op gevangene vlak.

Waar in jou lewe het jy gesien 'n gevangene, geharde misdadigers, behoort aan 'n unie? Die laaste strooi wat die kameel se rug gebreek het, was toe die gevangenes in opstand gekom het en ek met hulle moes onderhandel, terwyl my reaksie-eenheid gereed was om orde te handhaaf.

"Ek moet Melanie dit toegee, hierdie was beslis 'n goeie voorstel. Hoewel ek skepties daarteenoor gestaan het, is ek bly sy het daarop aangedring."

Sonja glimlag en stoot 'n los haarlok agter haar oor in.

"Kom, dan gaan stap ons so bietjie met haar, dat jy die gevoel kan kry en julle ook aan mekaar gewoond kan raak. Het jy al perd gery?"

"As kind ja, maar soos jy kan sien is dit baie jare gelede," sê hy en glimlag.

Sy sien hoe verwondering oor sy gesig spoel toe hy die leisel in sy hand vat. The Pink Lady het eers haar kop geswaai, op haar agterbene gaan staan en haar voorpote ietwat van die grond gelig. Dit het Paul nie van stryk gebring nie. Hy het saggies met haar gepraat terwyl hy haar vryf en so haar tot rustigheid gestem, voor hy haar by die stalle uitgelei het.

'n Uur later staan Sonja en kyk hoe Melanie se viertrek stof opskop voor dit by die plaashek uitdraai. Sy wip van die skrik toe Steven skielik agter haar praat.

"Vir wat bekruip jy 'n mens so? Jy sal my hart laat gaan staan."

"Ek het jou nie bekruip nie. Dit is jy wat helder oordag, in werkstyd, staan en droom."

"Ag gaan bars! Sê my, is Melanie altyd so haastig?"

"Sy is nie verniet 'n rooikop nie - 'n regte vuurvreter, reguit, op die man af en altyd haastig. Voor ek vergeet en daarvoor ook in die warm water beland, sal jy asseblief vir my verskoning maak by Adriaan vir vanaand se braai? Hy antwoord nie sy foon as ek bel nie. Ek het ongelukkig 'n ander sakie wat ek eers moet gaan regstel."

Sonja lig haar wenkbroue. "Dit is snaaks dat hy nie sy foon antwoord nie, maar ek sal vir jou verskoning maak."

"Dankie, ek waardeer dit, maar nou moet ek eers gaan kyk hoe vorder hulle met die grassny daar om die stalle. Nou, met die reënseisoen wat nader, moet mens maar voorbereid wees want muggies is 'n pes, die hoofoorsaak van perdesiekte, en nat gras is hulle teelaarde."

Sonja staar hom agterna, kyk sy nie waar sy loop nie en struikel oor 'n hooibaal.

"Eina, verdomp! Dit is nou wat gebeur as 'n vrou se kop vol muisneste is en sy nie kyk waar sy loop nie," berispe sy haarself terwyl sy haar hande teen haar denim afvee.

Sy besluit om eers vir Kleinjan te antwoord, aangesien sy dit nie gister kon doen as gevolg van die ellendige beurtkrag nie.

Wyn het ek genoeg van. Tans werk ek aan die laaste hoofstuk van die handleiding waarna jy so naarstigtelik opsoek is. Ek glo dit wat ek alreeds neergepen het, sal jou tot groot waarde stem.

Sonja glimlag en wonder wat sy reaksie daarop gaan wees toe sy die stuur knoppie druk.

Sy het ook nie nodig om lank te wag nie.

Adriaan glimlag toe hy Skedeltjie se boodskap lees en antwoord terug.

Die wyn sal ek geniet, maar die handleiding waarna ek verwys is reeds gepubliseer. Maar dankie, ek sal joune lees sodra dit gepubliseer is.

Sonja kyk op haar horlosie en skrik toe sy sien hoe laat dit is. “Dammit! Jy sal moet wikkel” praat sy met haarself. Sy het skoon van tyd vergeet toe sy eers op Facebook begin kuier. Vinnig tik sy vir Kleinjan ’n boodskap en skakel haar rekenaar af nadat sy die stuur knoppie gedruk het.

Sy draai die krane van die stort groot oop en laat die warm water van die stort haar moeë lyf liefkoos. Terwyl die water in sagte strale oor haar lyf loop, doem Steven se beeld voor haar op. Droomverlore voel sy hoe daardie fris arms haar nader trek en sy al dieper en dieper in sy hemelsblou oë verdrink terwyl sy mond haar lyf liefkoos. Die lui van haar selfoon ruk haar terug uit haar droomwêreld. Vinnig draai sy die stortkrane toe, droog haar hande af en vou die handdoek om haar lyf.

“Hi vriendin,” antwoord sy toe sy Lindi se naam op haar foon se skerm sien en die groen antwoord knoppie druk. “Dit is nou ’n verrassing. Ek het nou net uit die stort geklim, besig om gereed te maak vir vanaand se braai by Adriaan.”

“Dit is juis waarom ek jou bel.”

“Is daar fout?” vra Sonja met geligte wenkbroue.

"Nee, ek wil jou maar net inlig dat Gerhard Steyn, Adriaan se ou universiteitsvriend, wat eers aan die einde van die week sou kom kuier het, vanmiddag onverwags hier opgedaag het. Glo my, hy is nogal iets vir die oog, 'n regte hunk. So, ek waarsku jou maar net vroegtydig sodat sy beeld jou nie oorweldig nie, jy nie in die poele van sy blou oë verdrink en met 'n mond vol tande staan nie," skerts Lindi.

"Nou is jy lekker laf. Ek val nie so maklik vir 'n Adonis se sjarme nie."

"O, nè! Maar net oor hooibale?" spot Lindi tergend.

Sonja voel hoe haar wange verkleur. "Ek weet nie waar kom jy aan die storie nie. Ek het perdepote gehoor en toe ek omkyk nie die hooibaal gesien nie en toe daaroor gestruikel."

"Ja, ja. Dit is jou weergawe, maar nie wat ek gehoor het nie," lag Lindi.

"Ag, gaan bars jy."

Sonja hoor hoe lekker Lindi lag, voor sy groet en aflui.

Terwyl Sonja haar hare droog blaas doem Steven se beeld voor haar op en kan sy nie help om te wonder wat se seer daar in sy blou oë skuil nie. Duidelik is hy nog nie gereed om met haar daaroor te praat nie. Vinnig loer sy op Facebook of daar nie dalk 'n boodskap vir haar is nie. Sy sien Kleinjan is ook nie aanlyn nie.

Hoofstuk 7

Die sigaretrook brand Tiens se oë terwyl hy die selfoon teen sy regteroor hou en die sigaret in die hoek van sy mond tussen sy lippe vasknyp. Hy is so vasgevang in sy eie gedagtewêreld dat hy skoon vergeet om te rook. Eers toe 'n kraakstem in sy oor praat haal hy die sigaret uit sy mond en druk hom dood in die asbakkie wat op die kombuistafel staan.

"Ek sal dit doen, maar dan soek ek die kontant vanaand nog oorgeplaas in my rekening."

"Moenie stres nie, verwag 'n oproep oor so 'n uur van nou af," kraak die stem in Tiens se oor. Voor Tiens daarop kan reageer, beëindig die kraakstem die gesprek.

Tiens tel die pakkie sigarette wat op die kombuistafel lê op en sit dit in sy hempsak voor hy opstaan en deurstap sitkamer toe.

Arms gevou gaan staan hy voor 'n skildery van 'n pragtige swart hings wat Denise geskilder het. Asof hy dit vir die eerste keer sien, neem hy die fyn detail van die skildery waar.

Sy jaloesie en afguns het gemaak dat hy nooit haar talent raakgesien of wou erken nie. Dit het hom minderwaardig laat voel. Veral die bewondering wat sy kollegas vir haar skilderkuns gehad het. By elke funksie was sy die gewilde een, almal wou met haar 'n geselsie aanknoop.

Hoewel sy 'n introvert is en die aandag wat op haar gefokus is gehaat het, het sy dit maar verduur ter wille van hom omdat dit vir hom belangrik was om al die werksfunksies by te woon. Nooit het hy sy hande vir haar gelig nie, maar met sy tong het hy haar kasty. Nie eenkeer het sy terug geargumenteer, of haar self probeer verdedig nie, maar haar net onttrek en verdiep in haar werk.

Dit het sy woede en jaloesie net vererger. Die strooi wat die kameel se rug gebreek het, was die aand met die partytjie om sy bevordering te vier. Die manne het saam om die braaivleis gekuier. Sport was onder bespreking maar nou en dan was daar tussenwerpsels van sy vrou se talent, soos dat sy net so beroemd soos Da Vinci, Monet en Vincent van Gogh gaan word, en dat hy dan maar kan bedank.

Hoewel dit net grappenderwys bedoel was, het dit sy minderwaardigheid verder aangewakker, want sy talent as speurder was misgekyk. Geen ophef van sy bevordering was gemaak nie en dit was tog waaroor die partytjie gegaan het. Hy onthou dit soos gister, al is dit nou meer as 'n dekade gelede wat hy vir Denise gesê het sy doen dit nie meer vir hom nie, sy is nie goed genoeg nie. Hy sal die verbasing, seer en vernedering op haar gesig nooit vergeet nie.

Al wat sy vir hom gesê het was as dit is wat hy van haar dink, sy hom sy vryheid sal gee, maar op een voorwaarde: as sy geloop het, sal hy haar, of hulle dogter Wilma nooit weer sien nie. Sy wil ook geen onderhoud van hom hê nie. So verblind deur jaloesie, minderwaardigheid en eiewaan het hy nie twee keer gedink nie en haar voorwaarde aanvaar.

'n Week later met sy terugkeer van 'n weeklange ondersoekkursus, was sy weg. Hy het natuurlik die geleentheid gebruik om simpatie by sy kollegas te kry deur die rol van verontregte, gebroke eggenoot te speel. Sy koelbloedige vrou het hom net so in die steek gelaat en oornag, sonder taal of tyding, haar klere en hulle kind gevat en verdwyn.

Die eerste ding wat sy kollegas wou weet toe hy hulle daarvan vertel het, was of daar nie dalk gemene spel by betrokke was nie. Hy het hulle gerusgestel deur te sê dat sy hom gekontak het en meegedeel het dat sy van hom gaan skei, want hy doen dit nie meer vir haar nie en skaad eintlik haar beeld as kunstenaar. So het hy haar karakter afgebreek en sy kollegas se simpatie gewen.

"Verspeelde liefde, ja dit is wat dit is," sê hy. Dit is wat sy jaloesie, minderwaardigheid en selfsug hom in die sak gebring het.

Tiens rol sy skouers en met 'n diep sug draai hy om en stap na die drankkabinet om vir hom nog 'n brandewyn te skink. Hopelik sal dit sy innerlike tot kalmte stem, dink hy, voor hy in sy uitskopstoel gaan sit en wag vir die oproep. Hy het skaars gesit toe die voordeurklokkie lui. Hy voel hoe 'n koue rilling so teen sy rug opkruip, terwyl hy met lang treë voordeur toe stap. 'n Sagte sug van verligting ontsnap sy lippe toe hy op die CCTV monitor sien dit is Anette Wiggill, sy buurvrou. Met sy regterhand draai hy die sleutel in die deurslot, terwyl sy linkerhand die deurhandvatsel omvou. Toe die slot oop klik, trek hy die deur oop.

"Dit is nou 'n verrassing, so op 'n Vrydagaand. Jou geselskap is altyd welkom. Ek hoop dit is 'n kuier en nie net 'n oë wys nie," laat hy glimlaggend van hom hoor, terwyl sy oë sag oor Anette Wiggill se slanke lyf gly. Geklee in 'n ligte blou somerrok en 'n paar bruin sandale wat haar koperbruin bene en dun enkels beklemtoon, stap sy laggend die huis binne. Tiens voel so 'n prikkeling in sy lende toe sy liggies aan sy regterskouer raak.

"Ek het jaffels met maalvleis vir aandete gemaak, toe bly daar 'n paar oor. Dawie moet môreoggend vyfuur by die skool wees want die bus vertrek al halfses na Dundee waar die eerste hokkie- en rugbyspanne speel, so hy het sommer by Dewald gaan oorslaap. Dewald se pa sal hulle môreoggend by die skool gaan aflaai, dus is dit nie nodig vir my om vroeg uit die vere te wees so op 'n Saterdagoggend nie. Ek ruik rook, het jy weer in die huis gerook? Ag nee, man! Sies, dit gaan in jou gordyne en meubels intrek. Nou moet ek eers bieg, die eintlike rede vir my besoek is dat ek wou kom kyk hoe lyk die beroemde speurder," puil sy

"Beroemd? Waarvan praat jy?" wil Tiens met gefronste wenkbroue weet.

"Kyk jy nie nuus nie? Jou gesig was vanaand op nasionale televisie. Die kommissaris van polisie het omtrent jou en jou span se lof besing. Hy reken dat hoewel die saak in die prima facie stadium is, daar genoeg bewyse is en nog arrestasies gemaak gaan word. Hy is oortuig daarvan dat die hele sindikaat agter tralies gaan beland. Ek moet erken, jy het nogal sag op die oog gelyk, geklee in daardie donker pak, wit hemp en blou das van jou," skerts sy.

In Anette se opgewondenheid sien sy nie toe Tiens se oë vir 'n breukdeel van 'n sekonde toesluier toe hy die jaffels by haar neem nie.

"Maak jou solank tuis terwyl ek die jaffels in die kombuis bêre," sê hy, en stap deur kombuis toe terwyl Anette haar in die woonkamer gaan tuis maak.

"Wat kan ek jou te drinke aanbied? Koffie, tee, whisky, brandewyn, Vodka spin, Breeze lemmetjie of arbei geur of dalk 'n glasie wyn."

Anette hou haar hand op terwyl 'n sagte glimlag haar mond omvou. "Het jy nou al die drinkgoed wat jy in die huis het, opgenoem? 'n Breeze lemmetjie geur met baie ys sal lekker wees, dankie."

Sy kyk hom agterna toe hy omdraai en wegloop om haar drankie te gaan skink. Onweerstaanbaar, nie arrogant, net gemaklik lyk hy in 'n paar styfpassende jeans wat netjies om sy heupe en sitvlak pas.

"Dankie," Sy glimlag toe sy die glas by hom neem. "Gesondheid. Op tronke vol sindikate en veilige strate toeganklik vir Jan Alleman." Die koue vloeistof prikkel haar tong voor dit haar droë keel lawe. "Heerlik, hieraan kan ek gewoond raak," pruil sy, terwyl haar tong die nat vloeistof van haar lippe aflek.

Anette se sagte rooi lippe en sensuele mond hou Tiens se oë vasgenael. Dit voel of daar koors in sy bloed is. Sy keel is droog en sy stem klink hees. Sy woorde wil verlore raak tussen sy mond en tong voor hy dit kan uiter. Hy maak keel skoon en neem 'n slukkie van sy brandewyn.

"Jammer, ek weet nie wat is my keel nou so krapperig nie, maar om jou vrae te beantwoord: Nee ek kyk nie nuus nie, want dit is Vrydagaand en die Bulle en Sharks speel teen mekaar in die openingswedstryd van die Currie Bekerseisoen." Met sy oë beduie hy na die LG. Plasma televisieskerm wat teen die muur gemonteer is. "Ja, ek het in die huis gerook, maar dit is nie 'n gewoonte nie, soos jy self weet rook ek op die stoep."

"Maar daar is gerieflikheidshalwe 'n asbakkie in die kombuis. Ek hou jou dop," laat Anette van haar hoor en rek haar oë.

Tiens lag. "Jou oë mis niks, en ek praat nie eens van jou reuksintuie nie. Maar, dit is Vrydagaand, kom ons maak soos die jong klomp op 'n naweek en geniet ons," sê hy, terwyl hy die televisie afskakel. "Ek het die nuwe CD van Passenger, sal ek hom vir ons speel?"

"Ek moet jou komplimenteer met die keuse van jou musiek, dit stem nogal baie ooreen met myne," laat sy blinkoog van haar hoor terwyl sy opkyk na hom van waar sy kruisbeen op die mat sit en deur sy musiekalbums blaai.

"O ja? Net omdat jou musiekkeuses met myne ooreenstem, het ek goeie smaak?" skerts hy.

Tiens hoor sy selfoon vanuit die kombuis lui. Hy herken nie die nommer wat op die gesig van sy smartwatch verskyn nie. "Verskoon my net 'n oomblik, ek is nou terug."

In die sitkamer gaan staan Anette voor die skildery wat Denise geskilder het. Jitte, maar dit is mooi, dink sy en draai stadig om, toe sy Tiens die sitkamer hoor binnekom.

"Ek moet gaan."

"Bly, ek het jou nodig Anette!"

"Tiens."

"Asseblief."

Hy sit sy hande op haar skouers en trek haar nader. Sy retireer, maar sy hande verstewig hul greep op haar skouers. Anette sien toe sy kop afbuig en gesig naderkom, die smeul wat in sy oë blits. Met haar blik vasvang in syne staan sy vasgenael. Tiens soen haar nie op die mond nie, maar vee vlindersag met sy effe klam lippe heen en weer oor haar voorkop. Met die punt van sy tong proe-proe hy so aan haar vel. Sy voel die heuningsoet deur haar are vloei toe sy haar arms om sy nek vou.

"Ek sal bly," fluister sy hees.

Sonder 'n woord maak hy haar hande om sy nek los, vleg sy vingers deur hare en lei haar gang af kamer toe. Volkome oorgegee, volg sy gedwee.

"Dankie Anette, dat jy ingestem het om te bly," fluister hy skor in haar hare.

Sy is by omdraai verby, besef sy toe hy haar langs hom op die bed neertrek. En sy geen nie om nie, want nog nooit in haar lewe was sy so bewus van die oerdrang wat 'n man in 'n vrou kan loslaat nie.

Tiens kyk na die vrou op die bed. Haar roesrooi hare lê soos 'n waaier op die spierwit kussingsloop, haar sonbruin bene word ietwat ontbloot met die wat haar rok skalks opgeskuif het. Sensueel, verleidelik, dink hy. Terwyl hy sy skoene uitskop en jean uittrek hou sy hom met gesluierde oë dop, haar hart klop afwagtend binne haar.

Tiens kom orent en neem haar hande in syne. Terwyl hy haar van die bed af optrek en styf teen hom vashou, kyk hy diep in haar oë. Met sy regterhand trek hy haar rok se ritssluiter los. Dan, met beide hande stoot hy gelyktydig die skouerbandjies van haar skouers af. Die rok beland op die weelderige tapyt. Vasgevang in Tiens se blik wat haar lyf liefkoos met sy oë, tree sy versigtig uit die rok wat om haar voete lê. Impulsief steek Anette haar hande uit en laat haar vingerpunte oor die kontoer van sy arms en sy skouers loop. Sy beweeg haar hande terug oor sy skouers, teen sy bors af en vou dit dan om sy nek voor sy haar mond vir hom aanbied.

Die soen is eers teer, romanties verkennend wat haar laat smag na meer. So al of Tiens weet, soen hy haar driftig, meer eisend. Hy maak die knippies van haar bra los en skuif dit weg. Sy hande kelk om haar borste en liggies begin hy met sy duime oor haar tepels streel voor hy haar op die bed neerlê. Sag, asof sy 'n kosbare, breekbare besitting is.

"Jy is beeldskoon, Anette," fluister hy met 'n bewing in sy stem.

Hy soen haar teen die kuiltjie waar haar hart nou wild klop. Hy begin haar lyf liefkoos. Met die punt van sy tong trek hy sirkelbewegings oor haar lyf, van haar bors oor haar ribbes tot in haar naeltjie. Sy kreun liggies en trek sy kop teen haar vas terwyl sy haar heupe wriemel.

’n Gil stol in haar keel toe sy harde manlikheid haar nat vroulikheid penetreer. Stadig begin sy heupe op en af beweeg. Sy haak haar bene om syne en laat haar heupe ritmies saam beweeg. Tiens se aanslag is meedoënloos en onversetlik en sy voel haarself met ’n gil oor die afgrond van genot stort.

Anette lê met geslote oë terwyl naskokke van verrukking nog in haar lyf talm en haar asem onreëlmatig is. Kortasem, met ’n voorkop natgesweet, so al of Tiens aan ’n wedloop deelgeneem, het rol hy van haar af en lê op sy rug om sy asem terug te kry.

Tiens streel liggies oor haar hare terwyl sy nog met geslote oë op haar rug lê. Hy ervaar ’n gevoel in sy wese wat hy nog nooit voorheen in sy lewe ervaar het nie. Iets wat hy nie in woorde kan uitdruk nie.

Jy is nou die kluts kwyt, die pad heeltemal byster, betig hy homself. Nooit weer wil jy ’n vrou in jou lewe hê, wat nog te sê van liefhê. Liefde bestaan nie. Dit is vir die voëls en nou is beslis nie ’n goeie tyd vir liefde nie. Met ’n sug staan hy van die bed af op en loop met uitgestrekte tree badkamer toe. ’n Stort is wat hy nou nodig het dink hy, terwyl hy die krane van die stort oopdraai.

Anette lê rustig in die fetusposisie en slaap toe hy uit die badkamer kom. Geluidloos draai hy om en stap by die kamer uit, gang af, om op die stoep te gaan rook

Hoofstuk 8

Sonja kyk stip in die spieël wat net bokant haar bedkassie teen die muur gemonteer is. Die vrou wat terugkyk se wange gloei, haar oë blink en lyk gelukkig. "Ditto," sê sy. In die gang loer sy vinnig of niemand haar sien nie.

Wanneer sy tevrede is met niemand in sig wat haar dalk kan sien nie, tiekiedraai sy voor die vollengte spieël in die gang. Haar wit moulose bloes oorbeklemtoon nie haar bates nie maar vertoon net mooi. Die denim pas perfek om haar heupe en span nie te styf oor haar boude nie.

Dit is 'n heerlike someraand. Die luggie is soel maar nie te warm nie. Die maan glim wit-sag, terwyl die Suiderkruis in sy volle glorie skitter in die wolklose sterrehemel. Skielik voel sy opgewonde en sien uit na die braai by Adriaan.

Steven se wolwefluit toe sy die stoeptrappe van die ou opstal afstap na haar rooi Hyundai i10 laat haar byna oor haar eie voete struikel en sy voel hoe haar wange warm gloei.

"Jy lyk asemrowend mooi en gaan beslis die manne se koppe laat draai."

"Dankie, maar jy moet asseblief jou oë laat toets."

Sy mondhoeke vorm 'n sagte krul toe 'n breë glimlag sy mond omvou. Met sy regterhand maak hy die deur vir haar oop, terwyl sy linkerhand sag, maar ferm, om haar regter elmboog vou toe hy haar die motor inhelp.

"Onthou om by Adriaan vir my verskoning te maak. Ek dink hy sal eintlik bly wees want dan het hy jou vir homself," skerts Steven.

"Jy is nou lekker laf."

Hy is nou wel koning van die kasteel, maar hy gee glad nie om, om dit met haar te deel nie. Hopelik aanvaar sy Johan se aanbod om aan te bly en te help met die nuwe projek, peins Steven terwyl hy haar motor agterna kyk.

Die blote gedagte dat sy na drie maande in 'n ander deel van die land op 'n plaas gaan werk, laat koue rillings teen sy rug opkruip. Sonja is beslis nie 'n verestoffer soos sy pa sou sê, een met 'n stokkielyf en baie hare nie. Nee sy is sensueel, kurwes perfek net soos hy daarvan hou. Daardie bos blonde hare wat sy so in 'n poniestert vasmaak, wat so wip in haar stap saam met die ligte skakering van goud en brons wat blink in haar oë. Boy, oh boy, dit laat 'n man se hart warm klop.

Hy moet klaarmaak en gaan hoor wat daardie vuurvreter, Melanie, te sê het. Hy het gehoor haar oom - wat toevallig ook sy prokureur is, of liewer, sy vrou s'n - het vir hom 'n brief en dokumente gelos waarin Elna glo die redes vir haar vertrek verduidelik.

Hy het egter nog altyd geweier om die prokureur te sien of selfs op sy e-posse te reageer. Hy wil Elna in die oë kyk en die rede vir haar weggaan uit haar eie mond hoor - nie dit in 'n brief lees of van iemand anders, selfs al is dit 'n prokureur, verneem nie.

Steven onthou nog hoe Melanie se oë gerek het toe hy haar een aand om die bosveldtelevisie van Elna en die brief by die prokureur vertel het. Groter was sy verbasing toe hy uitvind die prokureur is haar oom. Eie aan Melanie, het sy aan hom bly karring om haar oom te gaan sien, maar soos 'n steeks donkie het hy viervoet vasgesteek. Sy het later bes gegee en hom met rus gelaat. Nou begin sy weer karring, daarom vermoed hy haar oom het iets in haar oor gefluister.

Steven sug, moedeloos gooi hy sy hande in die lug. Hy sou veel eerder saam met Sonja by Adriaan hulle wou braai, maar om die vrede te bewaar sal hy maar eerder gaan hoor wat die vuurvreter te sê het. Dalk moet hy maar 'n afspraak met die prokureur maak, dit oor en verby kry, want na byna 'n dekade glo hy nie gaan hy die rede vir haar weggaan uit haar mond hoor nie. Die woorde van Elna se kort nota onthou hy na al die jare nog, woord vir woord. Dit is met beitelslae in sy hart en kop ingegraveer. *Lees asseblief die brief, dit is by oom Koos van Lombard en Vennote, dan sal jy verstaan. Teken asseblief die dokumente. Liefde, Elna.*

Die gebeure van die voor haar weggaan, doem weer voor hom op.

Verslaaf aan die euforie van draf, het hulle elke oggend saam gedraf, ongeag wind of weer, behalwe as dit gereën het. Dan het hulle opgekrul in mekaar se arms gelê, verder geslaap of liefde gemaak.

Daardie spesifieke oggend, dit was 'n Maandag onthou hy, het hulle voete weer vlerke gekry en het die tekkies ritmies geklap terwyl hulle besig was om die teer kilometer vir kilometer op te vreet. Die fyn detail van hulle oggend se draf is in sy geheue ingebrand: die honde wat blaf, motors wat verby flits. Dit was 'n wolklose oggend, die lug was helder blou, die oggendlug vars in hulle longe. Alles was perfek. Elna was so opgewonde oor die skildery wat sy moes voltooi vir 'n kunsuitstalling. Borrelende vreugde het uit haar gevloei.

By die huis gekom het sy gaan stort terwyl hy deur die koerant geblaai het. Sy het ontbyt gemaak terwyl hy gestort het. Saam het hulle die ontbyt genuttig waarna hy toe weg is werk toe, en sy sou aangaan met haar skildery.

Dit was vir hom vreemd die aand toe hy na werk tuiskom, die agterdeur oopsluit en daar geen aroma van aandete was wat hom begroet nie. Die grafstilte van die huis wat in donker gehul was, het hom dadelik onraad laat vermoed. Hy het na haar begin roep en ligte aanskakel sovêr as wat hy loop. In haar studio het 'n verfkwas op die vloer gelê, die verf pallet met verf op wat drooggeword het, het eenkant op 'n kassie gelê. In hulle slaapkamer was haar klerekas se deure oop en al haar klere weg. Dit is toe dat hy die skokontdekking van die nota op hulle spieëltafel maak.

Die reuk van braaivleisvuur begroet Sonja toe Adriaan haar motordeur oopmaak en sy haar bene elegant uitswaai en van die sitplek afgly.

“Welkom, jy lyk verruklik mooi vanaand.”

“Dankie, jou ou vleier, jy is weer kwistig met die heuningkwas,” lag sy.

“Kom, laat ek jou gaan voorstel aan Gerhard Steyn, 'n ou universiteit vriend van my, en Denise Ekron, 'n kunstenaar en jarelange vriendin van my. Gerhard is ook betrokke by julle perdereddingprogram en reël ook kunsuitstallings.”

“Ek wou sê ek het 'n motordeur hoor toeslaan. Hallo, Sonja. Adriaan, gaan kry vir haar asseblief iets om te drink terwyl ek haar aan die ander gaan voorstel,” sê Lindi en haak haar arm deur Sonja s'n. Sonja, glimlag en voel dadelik op haar gemak saam met Lindi.

“Sap of wyn?” vra Adriaan.

“Sap, met baie ys, sal lekker wees, dankie.”

Adriaan lag en skud sy kop. Daai suster van hom weet net hoe om ongemak in gemak te verander. Hy kon duidelik aan Sonja se gesigsuitdrukking sien hoe sy ontspan die oomblik toe Lindi by haar inhaak. Hy self is maar ongemaklik as hy onbekende mense moet ontmoet.

Adriaan is glad nie verbaas om te sien dat die drie vroue om die tafel in die lapa gesellig sit en klets, terwyl Johan en Gerhard rondom die braaivleisvuur staan en gesels.

Sy oë vang die van Denise vas en hy sien die tergduiweltjies daarin ronddans toe hy Sonja se sap vir haar gee.

"Dankie," bedank Sonja hom met 'n glimlag. "Dit gaan heerlik wees. My keel is juis so droog. Ek dink dit is van al die stof op die grondpad," sê sy terwyl sy 'n sluk van haar sap neem.

Denise knipoog vir Sonja en Lindi.

Met 'n soet stem sê sy, "Adriaan, nou weet ek ook hoe lyk die rede wat jou kan laat glimlag en frons binne 'n sekonde, jou gesigsuitdrukking net so vinnig laat wipplank ry, van vrolik na bewolk."

"Waarvan praat jy?" wil hy met geligte wenkbroue weet.

"Die WhatsApp boodskappe van Sonja... Ek was daar, onthou, en het elke gesigsuitdrukking en emosie van jou waargeneem."

"Ek was net bekommerd oor Sonja so alleen saam met daai rokjagter van 'n Steven, julle weet... Ag, dit help nie eens ek probeer verduidelik nie, want ek weet nie hoe julle vroue se koppe bedraad is nie. Julle wil romanse aan alles koppel," grom hy en kyk Lindi grootoog aan voordat hy omdraai en wegstap.

Die drie vroue bars gelyktydig uit van die lag. "Jy moet nie sy siel so versondig nie, Denise," proeslag Sonja.

"Wat wou, daai broer van my verdien dit om met sy eie medisyne terug betaal te word, want hy hou van draak steek met ander. Dit is reg dat Denise hom in eie munt terugbetaal," laat Lindie van haar hoor en ontketen weer die skaterlag van vooraf.

"Vir wat lyk jou gesig nou so bewolk, ou Swaer? Het die vrouens nou weer 'n sensitiewe senuwee aangeraak?"

"Moenie laf wees nie. Kyk eerder dat die vleis nie brand nie," knor Adriaan.

"Ja, nee kyk, hulle het beslis 'n teer punt aangeraak," gooi Gerhard ook sy stuiwer in die armbeurs.

"Wragtig! Julle is almal nou die kluts kwyt. Laat ek eerder vir ons nog 'n bier gaan haal."

"Wag, ek stap saam. My en Denise se glase is ook leeg en jy is kapabel en gooi gif daar in," sê Lindie terwyl haar oë tergend vir hom lag."

"Nou kom stap saam en red my van 'n moontlike misdaad," laat Adriaan tergend van hom hoor.

"Oorweeg jy darem nog ons aanbod, Sonja?" wil Johan van Sonja weet terwyl hy die vleis omdraai en Gerhard by Denise gaan sit.

"Ek moet toegee, dit klink belowend, en om heeldag besig te wees met die dinge wat jy geniet is beslis 'n bonus." Sonja sien hoe sag Adriaan se oë Denise se beeld omvou toe hy die drankies voor hulle neersit en liggies met sy hand haar skouer druk voordat hy wegstap om by Johan langs die braaivleisvuur te gaan staan.

"Laat ek gaan toesig hou daar by die rooster, netnou verbrand hulle die vleis," laat Gerhard met 'n gemaakte sug van hom hoor toe hy opstaan en Lindi weer by die groepie aansluit.

Met die lui Sonja se foon. Sy herken nie die nommer op die skerm nie.

"Verskoon my, ek ken nie die nommer nie, maar sal die oproep moet neem. Mens weet nooit of dit nood is as jou telefoon laataand skel nie, en my pa is juis nie lekker nie."

Adriaan hoor die kommer in haar stem toe sy opstaan om die oproep te gaan neem.

Hoofstuk 9

'n Gespanne spiertjie trek teen Steven se wangbeen terwyl hy met uitgerekte tree voordeur toe stap. Hy hoor Stoofsoris, Melanie se worshond, waarskuwend blaf. Duidelik moes hy die motor hoor stop het. Nog voor hy kan klop, maak Melanie die deur oop.

"Welkom, ek is bly jy het gekom."

"Het ek 'n keuse gehad?"

Sy kyk hom met opgetrekte wenkbroue aan. "Wat bedoel jy?"

'n Glimlag wil om Steven se mond vou, maar hy hou sy gesigsuitdrukking ernstig. "Jy weet goed wat ek bedoel."

Melanie lag. "Is ek werklik so 'n vuurvreter?"

"Moet ek antwoord?" wil Steven brommend weet.

Sy glimlag, vee 'n rooi haarstring van haar wang af en druk dit agter haar oor in.

"Jy is laf. Kom in, vir wat sal ons nou hier op die stoep staan en redekawel. Jy ken die pad sitkamer toe. Wat sal ek vir jou bring, 'n bier of whiskey?"

"Maak dit 'n dubbel met ys. Ek dink ek gaan dit nodig hê as my vermoede reg is. Ek grap net, 'n bier sal lekker wees dankie, maar wag, ek stap saam."

Skaars het hulle gesit met 'n drankie in die hand, toe wil Steven weet, "Wat konkel jy en jou oom, of wat het hy in jou oor gefluister?" Frustrasie is duidelik hoorbaar in sy stem. Melanie se groen kykers blits gevaarlik en haar stem styg met 'n paar oktawe toe sy praat. Haar stem is soos 'n koue yswind wat hom tot stilte ruk.

"Kyk, ek en my oom konkel nie, nog minder fluister ons in mekaar se ore!"

"Maar waaroor wil jy my dan so dringend sien as dit nie oor daardie verdomde brief en dokumente gaan wat my vrou vir jou oom gegee het nie. Voer julle, of jy, iets in die mou?" vra hy ergerlik.

Sy kyk hom kil aan.

"Kyk, Steven, jy weet dit is oneties vir 'n prokureur om sy kliënte met 'n ander te bespreek, selfs met 'n vennoot, as dit nie oor die saak gaan nie. Ek kan jou verseker my oom hou by die etiese kode. Hierdie kuier, gesprek wat jy dit ook al wil noem, sou nooit nodig gewees het nie indien jy jou verdomde foonoproepe van my oom af geantwoord het, of selfs net sy e-posse gelees het. Hy het my net gevra om jou te vra om hom te kontak. Dit is glo dringend. Dit kan siekte of dood wees, ek weet regtig nie."

Melanie se woorde tref hom soos 'n hamer tussen die oë. Hy voel hoe die bloed stadig uit sy gesig sypel, en hy wasbleek raak. "Ek sal hom môre skakel,"

"Jy kan dit sommer nou doen," sê sy.

Steven hoor die ergernis in haar stem. Hy wil nog protesteer maar sy is reeds besig om haar oom se nommer op haar foon in te sleutel.

"Besluit jy nou maar of jy met hom gaan praat of nie. Kom, laat jy gaan piepie, Stoofsoris." Die brakkie swaai sy stertjie en skud sy kop dat jy net hoor ore klap. Mens kan die opgewondenheid in sy twee bruin kraalogies sien. Toe Melanie die deur oopmaak storm hy blaf, blaf uit.

Met foon in die hand, staan Steven die spulletjie en aankyk, 'n onsekerheid in hom of hy moet bel of nie.

Met die wat Melanie omkyk en die deur agter haar toetrek, druk hy die groen koppie.

Melanie sien die kommer in sy persblou oë verskans toe hy 'n paar minute later by haar op die stoep kom staan. Haar hart bloei vir hom want sy weet, hy dra swaar aan die goiingsak van gister se onthou wat so oor sy skouers hang. Innig wens sy dat hy afsluiting kan kry.

"Is jy OK?" vra sy besorgd.

"Eerlik? Ek weet nie. My denke is so deurmekaar soos wasgoed in 'n tuimeldroër. Maar dankie vir jou besorgdheid, Rissiepit. Ek moet sê, jou haarkleur pas by jou," sê hy en glimlag. "Nou moet ek eers gaan. Daar is baie vrae wat in my kop maal, waarvoor ek antwoorde moet gaan soek," sê hy terwyl hy afbuk en Stoofsoris se kop vryf.

"Veilig ry," groet sy, en gee sy skouer 'n bemoedigende drukkie.

Lank nadat Steven se viertrek se rooi agterligte in die vêrte verdwyn het, staan sy nog op die stoep.

"Kom, Stoofsoris, ons taak is afgehandel," sê Melanie terwyl sy die deur oopmaak en hulle twee die huis binnegaan. Nadat sy die deur gesluit het, leun sy haar met haar rug teen die deur, haar oë toe. 'n Sug ontsnap oor haar lippe toe sy omdraai en die stoeplig afskakel.

Sonja se gedagtes bly maal en dwaal op pad huis toe. Dit kos wilskrag om op die pad te konsentreer. Die oproep het haar onkant betrap. Sy het al vergeet van die graanbestuurderspos waarvoor sy aansoek gedoen het in die Kongo. Sy sug en rol haar skouers. Besluitneming was voorheen nooit 'n probleem nie, maar nou het haar situasie verander.

Nooit in haar wildste drome het sy gedink dat 'n man weer haar hartsnare sal roer nie. Na haar verbrokkelde huwelik het sy vertroue in mans verloor en net op werk gekonsentreer. Daarom het sy vryskut plaaswerk gedoen, wou nooit 'n vaste betrekking hê of op een plek gekluister wees nie. Sy het haar self die werk-reisiger genoem. Nou oorweeg sy 'n permanente aanstelling maar Adriaan en Steven het haar siening oor mans verander.

Vir die eerste keer in byna 'n dekade kyk sy met ander oë na mans en raak sy ook meer en meer van haar vroulike behoeftes en begeertes bewus, so al of haar hormone teen haar selibaatheid begin rebelleer. Vlinders fladder in haar maag en 'n warm gevoel ontwikkel net so onder haar naeltjie terwyl sy Steven se beeld in haar gedagtes oproep. Daardie kuitspiere wat so golf onder sy goudbruin vel as hy flink stap, daardie persblou oë, poele waarin sy so maklik sal verdrink, sy sensuele mond so lokkend en begeerlik. Hoewel Steven 'n selferkende rokjagter is, is dit nie wie hy werklik is nie, dit weet sy.

Die seer verskans in sy oë getuig daarvan, maar wat die rede daarvoor is weet sy nie. Hy het wel gesê dat hy eendag om 'n kampvuur dit met haar sal deel. Sonja wonder of sy besoek vanaand aan Melanie dalk iets daarmee te doen het, want te oordeel aan sy houding het hy nie juis uitgesien na die kuier nie. Dit het duidelik soos 'n berg op sy skouers gerus. Sonja is glad nie verras toe sy, sy viertrek onder die afdak geparkeer sien staan nie.

Die aroma van koffie walm in haar neus op toe sy die huis binne stap.

"Dit ruik hemels."

"Kan ek vir jou ook maak?"

"Dit sal lekker wees, een suiker met 'n lekseltjie melk, dankie."

"Het jy darem die aand geniet," vra Steven terwyl hy 'n beker uit die kas haal om vir haar ook koffie te maak.

"Ja, dankie. Ek hou nogal baie van Denise, sy is ook 'n groot perdeliefhebber, het selfs aan gimkanas deelgeneem. Gerhard is beslis sag op die oog en baie sjarmant."

"O, nè. Kom ons gaan drink ons koffie op die stoep en verlustig ons aan die sterreprag, terwyl ons die koffie geniet en die naggeluide ons vermaak. Dit is tog baie meer romanties as hier in die huis se bedompigheid," skerts hy terwyl hulle met 'n beker koffie in die hand na buite stap.

"Dit is nou hemels. Wat verlang 'n man nou meer? Die maan lê wit sag so in die sterreprag, terwyl die Suiderkruis blink en 'n alfa-vrou my geselskap hou."

"Alfa-vrou? Wat is 'n alfa-vrou?" vra sy met gefronste wenkbroue.

Steven glimlag. "Alfa-vrou is presies wat jy is. Mooi, sexy, slim en ... moet ek nog aangaan?"

"Jong, jy het 'n bril nodig."

"Perfekte twintig-twintig visie," verseker hy haar.

"Jou heuningkwas gaan jou niks in die sak bring nie. Ek is 'n doodgewone vrou en my badkamerspieël jok nie."

"Wat van die vollengte een in die gang? Ek sien hoe loer jy na hom as jy verbystap kamer toe."

Sonja voel hoe haar wange verkleur. Sy is dankbaar dat hulle buite in die donker sit en Steven nie kan sien hoe sy soos 'n tienermeisie bloos op haar rype ouderdom nie.

"Kyk, al die vleitaal van jou gaan jou niks in die sak bring nie. Ek gaan môre saam met Lindi en Denise die winkels invaar, so jy sal maar self agter die kospotte moet inskuif."

Tergduiweltjies dans in die iris van sy persblou oë.

"O! Ek vang die skimp. Jy wil hê die naked chef moet jou met ontbyt in die bed bedien."

Sonja voel hoe vlinders in haar maag rondfladder, wat haar met 'n warm gevoel net so onder haar naeltjie laat. Sy is nie verniet 'n prentjie mens nie. "Jy sal jou wat verbeel. Die naked chef nogal. Gee my jou beker dat ek dit kombuis toe vat, want vir my raak dit nou slaaptyd en ek het my beauty sleep nodig."

“Wag, ek stap saam. Gerhard het laat weet hy kom my môre sien. Daar is glo 'n belegger vir die nuwe projek maar daar is glo voorwaardes aan verbonde.

Met die wat Sonja omdraai van die wasbak in die kombuis, staan Steven voor haar.

Hy vou sy arms om haar en trek haar teen hom aan. Haar hande vind hulle weg onder sy hemp teen sy borskas op en sy ervaar hoe sy manlike tepels onder haar sagte aanraking verhard en haar lyf haar verraai. Sy hande omskulp haar wange. Met sy regterduim vee hy haar kuif weg en begin haar voorkop met sy lippe streel. Sy mond gly stadig oor haar oë, wange tot in haar nek waar hy liggies aan haar oorbel knibbel.

Sonja ruik sy vars, manlike sitrusagtige geur, wat haar hartklop laat versnel en haar bloed soos warm lawa deur haar lyf laat vloei. Sag sluit sy lippe oor hare terwyl sy hande stadig oor haar heupe gly en om haar boude vou, voor hy haar styf teen hom aantrek. 'n Sagte gil ontsnap uit haar keel toe sy lippe liefkosend hulle weg vind en net bokant die gleufie van haar borste rus vind, terwyl sy ereksie styf teen haar druk. Stadig lig Steven sy kop op. Sy arms het teen haar lyf op beweeg en op haar skouers kom rus. Liggies du hy haar terug.

“Sonja, ek...”

Sonja sien die huiwering in sy oë en plaas haar wysvinger op sy lippe.

“Sjuut, vanaand, hierdie oomblik, behoort aan ons,” sê sy met 'n hees stem terwyl sy haar arms om sy nek vou en haar dye teen sy lende druk.

Veilig geborge in die geslote ruimte van haar kamer, kry sy haar emosie onder beheer en antwoord op die besluit wat sy moet neem. Die oproep vanaand het dit ook net vergemaklik.

Hoofstuk 10

Die son lê nog rooi-oog op die oosterkim en luier, toe maak Steven al korte mette met die afstand tussen die huis en perdestal.

“Môre, Meneer. Wat jaag jou so? Hoe lyk dit my daar was gebaklei met 'n nagmerrie daar in die bed?”

“Nee, Petrus September, met 'n engel.”

“Jo! Dan baklei ek eerder saam met 'n nagmerrie as 'n engel mens so laat lyk.”

“Ja, ja. Jy staan en hou jou verniet slim. Ek gaan vir Prins 'n bietjie laat draf vanoggend. Hy was lanklaas teuels gegee.”

“Is reg so, moet ek hom opsaal vir meneer?”

“Nee, ek sal self, gaan jy maar aan met jou werk.”

“Nou maar reg so, Meneer. Ek moet die The Pink Lady roskam en so bietjie in die kamp laat loop. Juffrou Sonja het gesê daai ander meneer kom weer vandag, so ek wil seker maak alles hy loop reg. Ai, daai is nou vir jou 'n voorvat nooi, die juffrou Sonja. Ek het gesien hoe kyk sy Meneer agter aan daardie dag toe sy loop val het saam by die hooibaal. Kyk so 'n diamant moet 'n man nie uit die hand laat val nie, daar is baie delwers daar buite wat die vuiste sal gooi vir so 'n diamant. Of hoe seg ek nou?"

"Jy sê te veel en doen te min," snou Steven hom toe.

Ou Petrus se kekkellag skel deur die oggend stilte.

"I rest my case, your honour," sê hy en loop weg met skouers wat ruk van die lag. Steven staan hom net stil agterna en kyk.

Nadat hy die buikgord vasgemaak het, gooi hy die teuels oor Prins se kop. Met die stang in sy mond en die toom vas, is daar 'n afwagting by die perd te bespeur, so al of hy weet sy baas gaan hom laat hardloop vanoggend. Steven ervaar die krag van die gespierde hings toe hy die teuels ietwat verslap en hom met die hakke in die lieste aanspoor. Sonja weet nie dat hy weet dat sy vir Prins al 'n paar keer op 'n oggendrit geneem het nie en dit maak hom bang. Prins is nie enige een se maat nie, daarvoor het hy te veel nukke.

Die hemelruim begin karmosyn kleur toe hulle die bergstroom nader. Steven trek die teuels stywer en Prins se galop verander in 'n stap. "Hô nou!" roep hy die perd tot halt toe hulle langs die wilgerboom kom. Rats wip hy uit die saal en maak die toom aan 'n tak vas. Prins proes, skud sy kop op en af en trap nog so bietjie rond.

Die rustigheid stem Steven tot kalmte in sy gemoed. Hy gaan sit op 'n rots en verlustig hom aan die kabbelende rivierstroom. Soms kom 'n rukwind versteur die kalm water sodat dit sag teen die rotse klots. Net so is die mens wie se ritme ook maar deur omstandighede versteur word en teen die rotse van die lewe klots. Hy sluit sy oë vir 'n oomblik en prewel sag, "Ek is moeg! Here."

Daar is soveel meer vrae as antwoorde, waarom ... dit of dat, dit hou net nooit op nie. Waarom het Elna hom nooit gekontak nie? Waarom nou die dokumente by die prokureur onttrek? Onwillekeurig dink hy terug aan Sondae toe hy en Elna na die erediens altyd 'n Wimpy koffie gaan drink het. Die laaste boodskap wat hulle saam ontvang het in die kerk was die van die vrou wat aan bloedvloeiing gely en net deur aan Jesus se kleed te raak, genees is.

Die gebeure speel soos gister in sy geheue af. Elna wat haar hande om syne vou terwyl hulle wag op hulle koffie in die Wimpy. Die verwondering wat in haar blou oë geblink het toe sy sê: "Die vrou het soveel geld op dokters spandeer, maar net deur aan Jesus se kleed te raak is sy genees. Dit wys jou net wat geloof kan doen. Geloof so klein soos 'n mosterdsaadjie."

Die kelner het hulle koffie gebring en het hulle dit in stilte gedrink, elkeen versonke in sy eie gedagtewêreld. Dit was die laaste keer wat hy in die kerk was, of Bybel gelees en gebid het. Na 'n dekade is hierdie gebeure nog vars in sy geheue. Al het hy nog nie 'n antwoorde nie, ervaar hy 'n vrede in sy gemoed.

Toe hy opstaan weet hy, hy is klaar met gister. Met 'n ligte gemoed wip hy in die saal en met 'n galop neem hy en Prins die pad terug plaas toe. Dit is tyd vir 'n nuwe begin. Hy sal Sonja van Elna vertel en dat hy nog getroud is. Na gisteraand is hy dit aan haar verskuldig.

Sonja lê versonke in haar eie gedagtewêreld. Haar selfoon wat skril skel, ruk haar wreed terug na die werklikheid. Sy skrik so groot dat sy die glas wat op die bedkassie langs haar bed staan omstamp. Sy gryp vervaard na die foon om sy skril stem stil te maak en sien dit is Lindi se naam wat op die skerm verskyn. Met 'n hees stem antwoord sy. Sy moet 'n paar keer keelskoonmaak voor sy normaal kan praat.

"Steur ek iets? Of het ek jou wakker gebel?"

"Moet jou nie staan en stuitig hou nie. Die antwoord is nee op albei jou vrae." Gelukkig kan Lindi nie gedagtes lees nie.

"Ek hoop nie jy is aan die siek word nie want daai keel klink maar krapperig. Die luggie was maar dun daar buite by die braaivleisvuur en die seisoen is hoeka aan die draai. Ek glo mos dit is die tyd van siek word, wanneer seisoene in hulle oorgangfase is."

"Ontspan, ek makeer niks. My keel was maar net nog droog want ek het nog nie my koppie boeretroos vanoggend gehad nie."

"Dan is ek bly. Die rede waarom ek nou eintlik geskakel het, is om ons afspraak te kanselleer. Met die kunsuitstalling wat nou vervroeg is, is dinge maar aan die rep en roer. Denise wil die skilderye wat by Adriaan gestoor is gaan verpak om saam met die courier Maandag Durban toe te stuur. Elna wil dit solank begin hang en nie alles los vir die laaste nippertjie nie. Die uitstalling is nou Saterdag. Ek is regtig jammer. O ja, voor ek vergeet, herinner asseblief vir Steven aan Gerhard se besoek, voor hy vergeet en met Prins die veld invaar," sug sy.

Sonja lag. "Ek sal so maak. Die kansellasie pas my eintlik want Paul het gevra of hy so bietjie ekstra tyd met The Pink Lady kan spandeer. Hy het die eerste sessie baie geniet en groot waarde daarúít geput. Solank dit net 'n uitstel en nie 'n afstel is nie, want ons dames het nog baie om oor te gesels. Jy weet ... girl talk," pruil sy en beëindig die gesprek.

Sonja strek haarself lui uit, voor sy opstaan van die bed af en kaalvoet, net in haar nagrokkie, kombuis toe stap om vir haar koffie te maak. Sy weet Steven sal nie nou onverwags op haar afkom nie want sy het sy rystewels hoor knars oor die houtvloer voor hy by die deur uit is. Met haar stomende beker koffie in die hand, stap sy terug kamer toe, plaas die beker op haar bedkassie en skakel haar skootrekenaar aan. Vinnig loer sy na haar e-posse maar daar is niks waaraan sy nou moet aandag gee nie.

Sy besluit om te loer wat op Facebook aan die gebeur is, maar daar is ook niks interessant nie. Selfs Kleinjan was lanklaas aktief gewees. Facebook is eintlik maar net 'n bietjie vermaak vir die verveeldheid van die lewe, glimlag sy. Sy skakel haar skootrekenaar af en plaas hom op haar bedkassie voordat sy haar koffiebeker optel en die laaste bietjie koffie drink.

Vinnig vervang sy haar nagrokkie met 'n denim langbroek en oorgooi bloes en glip dan haar voete in 'n paar tekkies. Sy trek die haarborsel 'n paar keer deur haar hare voor sy dit in 'n poniestert agter haar kop vasmaak. Goed genoeg vir nou, dink sy. Net gou gesig was en tande borsel dan kan sy gaan kyk wat by die stalle aangaan.

"Môre, Juffrou," groet Petrus vriendelik. "Meneer Steven het nog voor die son se oog mooi rooi was vir Prins opgesaal. Hy sê hy gaan Prins 'n bietjie teuels gee, want hy het lanklaas geloop by die veld. Petrus, hy het hom nie geseg Juffrou loop ook saam met Prins by die veld nie, want hy sal baie kwaad wees. Meneer sê, is net hy wat saam met Prins mag saamry."

"Dis reg, Petrus, dit sal nie weer gebeur nie. Njannieskapêla. Ek wou maar net vir jou kom sê dat meneer Paul 'n langer terapiesessie met die The Pink Lady wil hê," deel Sonja hom mee.

"So op die heilige Sondag? Loop die mense nie meer kerk op die dag?" wil Petrus weet terwyl hy sy kop heen en weer skud.

"Ai, ou Petrus, mense sien ding anders deesdae as wat hulle dit gesien het in die ou dae. Jy sien, sommige mense ervaar 'n dag in die Skepping dieselfde as wat mense ervaar as hulle kerk toe gaan. Hulle sê hulle ervaar God se nabyheid en hoor Sy stem, so in die rustigheid van die natuur."

"Aikôna, daai is nie reg nie. Sondag jy moet by die kerk loop, die Predikant hy sê so. My pa het my ok so geleer, maar vandag die mense loop net by die kerk saam met die begrafnis en troue. Ek, Petrus, het vir meneer Steven gesê hy moet by die kerk loop, ma hy het my net gekyk en niks gesê nie. Petrus en my Maria, ons sal loop by die kerk elke Sondag," sê hy met erns in sy stem.

Sonja glimlag en asem die vars oggendlug diep in haar longe in terwyl sy terug huis toe stap. Daar is beslis waarheid in Petrus se woorde - mense gaan al minder kerk toe deesdae. Is dit die gejaagdheid van die lewe wat maak dat mense net wil ontspan, rustig verkeer in die opelug? Of het die kerk sy trefkrag in die moderne tyd van sosiale media verloor?

Sonja neurie vrolik terwyl sy die wors panbraai. Hierdie worsvet is perfek om eiers in te bak, dink sy. Steven behoort enige oomblik terug te wees, aangesien hy 'n afspraak met Gerhard Steyn het. Sy draai die wors weer om en tevrede met alles onder beheer, stap sy by die kombuis uit om die vars oggendlug op die stoep te gaan geniet. Haar tydsberekening vir ontbyt maak was perfek - Steven kom heel rustig en op sy gemak aangestap huis toe. Glimlaggend draai sy om en stap terug kombuis toe. Sy haal die wors uit die pan, plaas dit in 'n opskepbak en breek drie eiers oop in die braaipan om te bak terwyl sy vinnig die tafel dek.

Terwyl Steven die huis nader, herinner sy maag hom dat hy nie gisteraand geëet het nie. Hy begin al vinniger stap om die hongerpyne van sy maag te gaan stil. Die reuk van gebraaide wors begroet hom toe hy die kombuisdeur oopstoot. In sy verbeelding proe hy al die sappige wors op sy lippe en hy verbeel hom dat die grom van sy maag tot wie weet waar gehoor kan word.

"Wat 'n aangename verrassing. Ek dog julle dames het die dorp gaan rooi verf."

"Nee, dit is uitgestel tot 'n latere datum."

"Ek kla nie. My maag dink reeds my keel is afgesny en het my grommend laat weet hy het nie gisteraand kos gehad nie," skerts hy

"Jy kan maar kom aansit, die ontbyt is gereed."

"Dankie. Sonja. Ons moet praat oor gisteraand."

"Ek weet, maar eet eers klaar voor die kos koud word. Ons kan ons koffie op die stoep gaan drink en rustig gesels." Sy sien die erns in sy blou oë en gee sy skouer 'n ligte drukkie toe sy die bord met wors en eiers voor hom neersit.

Die ontbyt geskied in stilte, elkeen besig met sy eie gedagtes.

Met 'n beker koffie in die hand maak hulle hulself later tuis in die gemakstoele op die stoep.

"Sonja, oor gisteraand, ek... Ag nee! Dit is nou swak tydsberekening," brom Steven toe Gerhard Steyn se motor voor die deur stop. Op daardie oomblik lui Sonja se selfoon en verskoon sy haar om die oproep te beantwoord. Dit is Paul wat sy afspraak kanselleer. Sy is heimlik bly daaroor want haar gedagtes is in 'n warboel en kniehalter haar fokus.

Skaars het sy haar sit weer op die stoep gekry, toe haar selfoon weer lui. Sonja verbleek toe sy die agentskap se nommer wat op die skerm van haar foon verskyn, herken. Daar is 'n ligte bewing in haar hand toe sy die groen knoppie druk. Indien daar nog twyfel was, is dit nou te laat. Haar besluit is noodgedwonge geneem, 'n besluit wat sy hoop sy nooit gaan berou nie. Soos 'n outomaat begin sy die skottelgoed was terwyl sy woorde in haar kop formuleer om die nuus aan Steven te breek.

Steven en Gerhard kom vanuit die studeerkamer gang afgestap en verbreek haar gedagtegang.

"Totsiens, Sonja."

"Wil jy nie eers koffie drink nie?"

"Dankie, ek sou graag wou, maar tyd is teen my," sê hy terwyl hy Steven se hand skud, omdraai en na sy motor stap.

"Wat lyk jy so bleek? Het jy slegte tyding ontvang?" wil Steven weet, terwyl 'n vraagteken tussen sy wenkbroue inskuif en sy oë oor haar gelaat dwaal.

Sonja voel hoe die woorde wat sy in haar kop geformuleer het, in haar keel vassteek en haar mond soos 'n droë woestyn laat.

"Ons moet praat," stotter sy toe die woorde oor haar lippe struikel.

"Ek weet, maar ek moet gou 'n oproep maak, dan kan ons praat."

"Ek gaan weg."

"Weg? Weg, waarheen?"

"Kongo toe. Die agentskap het vir Billy en Melanie gekontak voor hulle my gekontak het, want hulle wou uitvind of dit 'n probleem sal wees om die kontrak vroeër te beëindig."

"So, Billy en Melanie weet en hulle sê my niks."

"Hulle weet nie van my besluit nie, maar net van die agentskap se versoek. Steven, ek het regtig nie geweet dit gaan so gebeur nie. Die plaasbestuurder het sy been gebreek en omdat ek lank terug aansoek gedoen het vir die pos, het hulle my nou gekontak," fluister sy, terwyl haar kykers verdrink in haar trane.

Dit voel vir Steven of die son vir hom helder oordag gesak het, toe hy hom met 'n stroewe gesigsuitdrukking op 'n kombuisstoel tuis maak. “Wanneer gaan jy?

Vir 'n breukdeel van 'n sekonde sien Sonja die pyn en teleurstelling wat in sy oë versluierd lê.

“Dinsdag,” antwoord sy.

Steven knik net sy kop erkennend voordat hy sonder om 'n woord te sê, opstaan en uitstap. Hy ignoreer sy foon se skel en Billy se nommer wat op die skerm verskyn. Elna se beeld doem skielik voor hom op. Vroue is almal maar dieselfde. Ten minste het Sonja gesê sy gaan weg, nie soos Elna wat net verdwyn het nie.

Hoofstuk 11

Met haar kop tussen haar hande en haar elmboë op die tafel, maak Elna Brink sirkelbewegings met haar vingers om haar slape. Geloof, hoop en liefde het sy gehad, selfs na haar ouers noodlottig verongeluk het. Tot op daardie Maandagoggend 'n dekade of wat gelede toe haar selfoon gelui het.

"Ek is jammer, Elna. Die knop lyk nie goed nie. Ons sal 'n biopsie moet doen," het dr. Pieters se stem oor die foon gekraak. Sy het nooit vir Steven van die knop in haar bors vertel nie. In haar binneste het sy gehoop dit sal verdwyn en sy wou nie onnodig spoke opjaag nie. Impulsief het sy 'n selfsugtige besluit geneem, 'n besluit wat sy tot vandag toe berou.

Geloof en hoop het sy teruggekry. Hoewel haar liefde vir Steven nooit soos mis voor die son gewyk het nie, bly die volmaaktheid van liefde haar ontwyk. Omdat Steven nooit met oom Lombard in verbinding getree het en die egskeiding dokumente geteken het nie, is hulle streng gesproke nog getroud, al is dit nou net op papier. Sy weet van Steven se reputasie as rokjagter, maar soos oom Billy gesê het, dit is sy manier om seer te verwerk, tog het dit afgeneem nadat hy Prins ingebreek het. Wasigheid verblind haar blou oë. Sy weet hoe Steven altyd haar borste bewonder het. "Perfek. Mondvol, handvol, wat wil 'n man nou meer hê," het hy altyd gesê terwyl bewondering in sy oë geblink het. Nou het sy 'n paar borsprosteses, na haar dubbele mastektomie.

Haar lyf is wel geskend maar dit maak haar nie minder vrou nie. Sy is nog net soveel vrou soos voor die operasie. Dit het haar meer as 'n dekade gevat om tot dié besef te kom, daarom het sy die dokumente onttrek en besluit om Steven self te vertel. Hopelik werk haar en Melanie se plan en dat sy Steven te siene kan kry.

"Ek het ... en vir wat oorstroom die oseaan weer jou wange? Het jy slegte nuus ontvang, is die kanker weer terug?" wil Cecelia Swart bekommerd weet. Elna skud haar kop en vee vinnig met haar duim en wysvinger oor haar oë terwyl sy uit haar stoel opstaan.

"Nee, ek het net so bietjie op gister se paaie gaan wandel toe heimwee hom knus kom tuis maak het in my hart, maar ek is *okay*," antwoord sy met 'n hees stem, terwyl sy met haar regterhand oor haar donker hare, wat soos 'n sygordyn skouerlengte hang, streel. Haar wit bloes komplementeer haar donker hare en blou oë.

"Gerhard Steyn het laat weet dat Steven die kunsuitstalling sal bywoon."

Elna voel hoe opwinding deur hare are bruis terwyl skoenlappers in haar maag rondfladder. Die nuus maak haar skoon lighoofdig en sy gaan sit weer, bang sy raak flou.

“Denise se skilderye sal Dinsdag hier wees, dan sal ek dit begin hang. Al die ander is klaar opgehang. Dit lyk werklik asemrowend mooi. Ons land het beslis nie ’n tekort aan talent nie. Weet jy dalk wanneer kry ons die skildery van die anonieme skilder? Dit is werklik die eerste keer dat ek van ’n anonieme skilder hoor.”

Elna lag.

“Jy sal die skildery Woensdag kan hang, ek het hom klaar ontvang,” sê sy met ’n geheime glinstering in haar oë.

“Is dit een van jou van jou opkomende kunsstudente se werk?”

“Hoe sal ek nou sê? Dis vir my om te weet en vir jou om te raai. Wil jy nie vanmiddag saam kom perd ry nie. Daar begin juis ’n beginnersgroep vandag by die Strand ryskool. Dit sal jou in ekstase hê. Die natuur is so mooi, en ek praat nie eers van die perde nie. Ag toe, kom beleef die mooi saam met my.”

“Ek wens ek kon, maar jy weet mos daar is geen einde aan die werk van ’n huisvrou nie. My ou Hings sal maar moet doen,” skerts sy en knipoog vir Elna.

Elna glimlag. “Ek het nou wel ’n Hings maar nie huisvrou verpligtinge nie,” sê sy met ’n pyntrek in haar oë.

“Die donderweer wat loop by jou gesig, hy bring nie reën vir ons nie. Ek, Petrus September, het vir jou geseg, daai juffrou Sonja, sy is ’n diamant, maar toe luister jy nie.”

“Het jy nie werk om te doen nie? In elk geval, jy weet niks en ek verstaan ook nie hoe ’n vrou se kop werk nie. Die een oomblik is hulle so, net om die volgende oomblik gat om te gooi," sê Steven, die frons tussen sy wenkbroue keep diep oor sy voorkop.

Petrus kyk hom met geligte wenkbroue aan.

"Jy sien, meneer Steven, daai ding wat jou gejaag het voor jy Prins ingebreek het, hy is nog by jou bloed. Nou die deng met die vrou sal eers tot by rus kom wanneer daai probleem opgelos word. Meneer sal daai probleem by die oge moet gaan kyk, want anders hy gaan jou bly jaag. Maak nie saak hoeveel Prins hy gaan kom, hy help net vir die een seisoen. By die ander seisoen gaan hy jou weer jaag. So sal jy nie rus kry."

Steven voel hoe die bloed sy gesig verlaat, want Petrus het die spyker op die kop geslaan.

"Petrus, jy is slim. Dalk nou nie boekgeleerd nie, maar wat mensekennis aan betref, is jy 'n wyse man. Ek gaan nou vir Billy en Melanie bel om hulle in kennis te stel ek gaan met twee weke verlof, om dit wat nog in my bloed is soos jy sê, uit te kry. Ek sien julle het darem alles onder beheer hier vir die ryskoolruiters wat later kom. Die terapiesessies sal Melanie vir eers hanteer. Nou raak ek opgewonde. Ek bring vir jou 'n nuwe hoed saam as ek terugkom van vakansie af."

Petrus kyk Steven kopskuddend agterna, toe Steven omdraai en met haastige, uitgerekte tree begin terugstap huis toe. Hy hoop die spoke van die verlede gaan Steven, met sy tuiskoms van vakansie af, nie meer jaag nie.

'n Wrang glimlag vorm om Adriaan se mondhoeke toe hy Skedeltjie se boodskap lees. Eintlik is hy kwaad vir homself. Vir meer as 'n dekade was hy tevrede met sy enkel status, want die karakters in sy boeke het hom geselskap gehou en soms het hy sy verlange in gedigte verwoord.

Net toe hy gewoond raak aan Sonja se geselskap, is sy weer fort, en nou gaan Skedeltjie iewers in Afrika werk waar daar heel moontlik geen internetsein is nie. Dus gaan sy min, of glad nie, op Facebook gesels nie. Maar, as hy eerlik met homself moet wees, is dit nie die rede vir sy miserabelheid nie. Gerhard Steyn se danigheid met Denise, is wat hom eintlik pla.

'n Frons kontoer vier lyne op sy voorkop toe die interkom skel. Brommend stap hy deur toe om te hoor wie by die hek is. Groot is sy verbasing toe hy Denise se stem oor die interkom hoor. Met 'n glimlag wat sy gesig verlig, druk hy die knoppie wat die elektriese hek laat oopskuif.

"Wat 'n verrassing. Ek dog jy en Gerhard is nog besig met jou kunswerke."

"Gerhard is teen die tyd seker al klaar in Durban. Jy weet wat dog gedoen het. Sê my eerder, vir wat lyk dit of die honde jou kos afgevat het? Wag laat ek raai, dit is die verlange na Sonja."

Adriaan kyk haar ietwat vererg aan. "Jy het duidelik nie al jou varkies op hok nie. Sê my eerder of daar iets tussen jou en Steven aan die broei is?"

"Vir my om te weet en vir jou om uit te vind," terg Denise.

"Dit is presies wat ek nou doen, want anders sou ek jou nie gevra het nie."

Denise glimlag speels en knipoog vir hom terwyl sy deurstap woonkamer toe.

Op die tafeltjie langs Adriaan se luierstoel, sien sy die notaboek met die opskrif *Pelgrim op reis*. "Is dit 'n roman of digbundel wat jy die lig wil laat sien?"

"Ek weet nog nie, die titel het net by my opgekom. Is jy dalk lus vir braai of 'n aandontbyt?" vra Adriaan, waar hy by die kombuistoonbank van die oopplankombuis staan.

"Kom sit eers, daar is iets wat ek jou moet vertel." Sy sien die vraagteken in sy oë terwyl sy wange bleek raak.

"Dit klink gewigtig," sê hy met 'n hees stem terwyl hy in sy gemakstoel neersak.

Hy sien die onsekerheid in haar groengeel oë. 'n Benoudheid gryp hom aan die keel en hy moet 'n slag diep asemhaal om sy senuwees te kalmeer.

Aandskemer se sagtheid dans in warm skakerings van oker, omber en ougoud oor die hout vloer en dit stem hom tot rustigheid.

Denise gooi haar haarvlegsel oor haar skouer en laat dit op haar bors rus terwyl sy terugsit in haar gemakstoel, haar oë toemaak en haar kop teen die rugleuning laat rus.

"Ek het my huis met meubels en al verkoop. Kranspoort met sy bosveld is mooi, maar dit is tyd vir 'n nuwe begin, met nuwe herinneringe. Wilma is getroud, daar is niks meer wat my daar hou nie. My kop en hart trek see toe, ek weet nog net nie of dit die Kaap of Natal is nie. Dit sal seker maar die Kaap wees, want Tiens bly in Natal en ek wil sovêr as moontlik van hom af wegkom. Die suidkus lê my natuurlik na aan die hart, maar ek gaan nou nie my kop daaroor breek nie. Ek sal na die uitstalling my opsies rustig oorweeg. Dalk kan ek na die uitstalling vir 'n week of twee op jou of Lindi se nekke kom lê, terwyl ek my finale besluit neem."

Adriaan skakel die leeslamp wat op die kanttafel langs sy uitskopstoel staan aan, terwyl die nagloed van die sonsondergang sagter raak.

"Is daar vir my ook plek, in jou nuwe begin?"

Denise lig haar wenkbroue vraend terwyl sy haar bene kruis en haar langbroek glad oor haar knieë stryk.

"Wat se vraag is dit? Natuurlik is daar plek vir jou, hoe dan anders."

As jy maar net weet hoeveel plek daar in my hart vir jou is, sal jy dit nie eers vra nie, bons die wete in haar hart.

Sy sien die onsekerheid verskans in sy oë toe hy uit sy stoel opstaan. Adriaan voel so senuweeagtig soos 'n matriekseun op sy eerste afspraak en weet nie hoe om die woorde wat in sy hart lê, te uiter nie. Hy neem haar aan die hand en trek haar stadig uit die stoel op. Toe sy voor hom staan plaas hy sy hande op haar skouers. Terwyl sy oë oor haar gesig dans, sien hy hoe sy haar neus kreukel en haar mondhoeke sag opkrul. Sy maagsenuwee trek saam. Hy maak sy mond oop om te praat, maar dit is net 'n sagte fluistering wat hy uiter. Denise voel die bewing van sy vingers op haar skouer en haar hart mis 'n slag of twee. In afwagting op sy woorde, hoor sy nie eens hoe hy senuweeagtig keelskoonmaak nie.

"Denise, ek het jou lief, trou met my. Ek kan jou nie verloor nie en die besluit van jou om nuut te begin maak my bang. Kan ons nie maar saam 'n nuwe begin maak nie."

"Weet jy, vir 'n romanskrywer is jy maar vrotsig met woorde." Sy sien die onsekerheid in sy bronsbruin oë. "Dit het jou ook maar lank gevat om te ontdek jy is lief vir my. Of begin jy nou na strooihalms gryp omdat Sonja weg is en jy bang is vir alleen oudword?"."

Sy oë rus warm op hare en sy stem is beslis.

"Sonja was nog nooit 'n faktor nie. Ek het haar vriendskap en geselskap baie geniet en was bekommerd dat Steven met haar sal mors. Tot my skaamte moet ek erken, Steven het baie verander."

Denise plaas haar regterhand se wysvinger op sy lippe. "Ek weet. Lindi het my mooi op hoogte gehou met wat hier aangaan. Ek sal jou huweliksaansoek oorweeg en jou antwoord sodra jy dit waaroor jy skryf, kan toepas," pruil sy.

Spanning verdwyn uit Adriaan se gesig. 'n Breë glimlag vorm om sy mondhoeke. "Mag ek dit maar met lyftaal doen, want my woorde is te min," sê hy met liefde wat in sy oë glinster. Denise voel hoe die vlinders in haar maag wild begin fladder toe sy arms haar omsirkel en hy haar styf teen sy bors aantrek. Sy lippe begin passievol oor haar voorkop, oë en nek beweeg.

"Gaan ons braai, of aandontbyt eet?"

Adriaan antwoord nie. Sy hande begin saam met sy lippe haar lyf verken. Hierteen het sy nie verweer nie. Haar lyf word slap toe hy haar met een beweging optel en gang-af kamer toe dra. 'n Gil ontsnap haar lippe toe hy haar sonder seremonie op die bed neergooi en met dom vingers sukkel om haar bloes los te kry. Toe is sy mond op hare met 'n dringendheid wat alles van haar opeis.

"Ek het jou lief, Denise," fluister hy hees, sy asem warm teen haar vel. Sy lippe vind die rondings van haar bors, sy tong speel met haar sensitiewe tepels, tergend en hongerig. Sy kreun sag, haar lyf boog na hom toe, elke senuwee vlymskerp gespanne.

Met een vloeiende beweging stroop hy haar van haar laaste kledingstukke, sy vingers rof en tog teer teen haar gloeiende vel. 'n Rilling trek deur haar soos 'n vuur wat haar van binne af verteer. Sy passie is onbeteueld, 'n brandende vlam wat haar eie verlange aansteek en laat ontvlam in 'n vuur wat sy nie kan of wil blus nie.

Hulle lywe vind mekaar in 'n oergoue ritme—dringend, hewig, asof hul siele wil saamsmelt. Die wêreld verdwyn tot net hulle oorbly, 'n roerende dans van ekstase wat al hoe vinniger en intenser swel tot dit oor die breekpunt spat. 'n Kreet ontsnap uit haar keel, 'n rou, ongebreidelde oorgawe aan die gloed van die oomblik.

Hulle lê doodstil inmekaar geweef. "Kon die praktiese toepassing van wat ek skryf, jou darem oortuig?"

"Miskien."

"Ek moet weet hoe jy voel, of jy kans sien vir 'n lewe saam met my."

Sy streel liggies oor sy bors. "Ek kan my nie 'n lewe sonder jou indink nie, Adriaan."

Adriaan soen haar liggies in die nek en trek haar teen hom vas. Hulle rol weer oor die bed - vel teen vel, asem teen asem wat warm wasem, 'n honger om te versadig, soos 'n klimtol op en af tot dit rukkend tot stilstand ruk.

"Ek dink die braai moet maar oorstaan tot 'n volgende keer," antwoord Adriaan, terwyl sy lippe weer na hare soek.

"Mmmm, maar ongelukkig is daar nog takies om te gaan afhandel. Plig voor plesier, Meneer," pruil sy.

Adriaan kreun.

"As dit dan nou moet, sal ek seker maar moet oefen om te luister wanneer die vrou praat," brom hy met 'n glinster in sy oë en trek haar nader, sy lippe liefkosend oor haar wimpers. Met 'n sug stoot sy hom weg.

"Wag. Netnou kom ons nooit hier weg nie en dit sal rampspoedig gevolge hê."

"Op een voorwaarde, jy gaan pak jou tas en slaap by my oor vanaand. Ons kan sommer vir Lindie en Johan die goeie nuus meedeel. Glo my, ek kan nie wag om die uitdrukking op my suster se gesig te sien nie," glimlag hy, trek haar nader en soen haar teer op die mond.

Hoofstuk 12

Tiens voel alleen, sy senuwees aan flarde. Anette het net na seweuur gery om te gaan kyk hoe speel haar seun, Dawie, rugby op Dundee. Daarna gaan hulle vir haar suster kuier op Newcastle, en kom eers Sondag terug.

Hy het vroegoggend vir hom 'n damptoestel gaan koop. Hy glo nie Anette sal omgee as hy damprook in die huis nie en so kan hy dalk die slegte gewoonte van sigaretrook breek, maar rook bly rook - damp of sigaretrook, al twee is ewe sleg vir jou.

Sy gedagtes dwarrel soos 'n stormwind deur sy kop. Rusteloos stap hy heen en weer in die sitkamer. Na vanaand is alles hopelik verby. Met geen sport wat sy aandag kan aflei op televisie nie, besluit hy maar om kerrie te gaan maak. Dit sal darem sy hande en gedagtes besig hou.

Tiens se hande bewe liggies toe hy die uie begin sny. Hy haal twee aartappels uit die yskas, skil dit en sny dit in blokkies. Die reuk van gebraaide uie stem hom tot kalmte. Hy begin selfs saggies neurie terwyl hy die kerrie en ander speserye by die uie voeg. Toe hy tevrede is dat die uie en speserye met mekaar getrou het, voeg hy die skaapvleis wat hy in kleiner blokkies gesny het saam met 'n teelepel bruinasyn by en laat alles saam braai. Die aroma is hemels. Hy voeg 'n bietjie water by, plaas die deksel op die pot en draai die stoofplaat sagter. Tevrede dat alles in die kombuis onder beheer is, haal hy die Coke uit die yskas, maak sy glas vol ys en skink die glas vol.

In die sitkamer skakel hy CD-speler aan. Hy glimlag toe die klanke van Passenger deur die sitkamer begin sweef. Onwillekeurig dink hy aan gisteraand en is daar 'n verlange in sy hart na Anette. Hy het net sy sit gekry, toe sy selfoon vibreer. Anette se naam verskyn op die skerm. Tiens voel hoe sy hartklop begin versnel en skielik is sy mond droog.

"Hi, Buurvrou," antwoord hy met 'n hees stem.

"Ek hoop nie jy rook in die huis nie."

"Nooit, hoe ken jy my?"

"Dit is juis omdat ek jou ken dat ek vra. Ek grap net, wil jou net laat weet Dawie het 'n drie gedruk en hulle het met een punt gewen. Ons is darem veilig by my suster-hulle in Newcastle."

"Sê vir Dawie ek sê geluk. Ek is besig om kerrie te kook. Julle is welkom om môre te kom saameet. Hulle sê mos hoe langer kerrie staan hoe lekkerder smaak hy."

"Is daar poeding ook?"

"Hang af."

"Hang af van wat?"

"Mmmm, jy weet."

“Jy moet jou nou staan en laf hou, maar dankie ons neem die uitnodiging aan,” antwoord Annette met ’n lag in haar stem.

“Afgespreek. Julle moet jul kuier geniet en veilig ry môre.” Met die woorde word die gesprek beëindig.

Met ’n lied in sy hart stap Tiens kombuis toe. Die kerrie ruik en lyk heerlik. Hy voeg die aartappels en sout by en tel dan die nuwe damptoestel op. Salig trek hy sy longe vol nikotien van die gegeurde damptoestel.

In kamer nommer ses van die Royal hotel in Ladysmith, loop Jack Swartbooi heen en weer. Sy kake is geklem, sy senuwees is duidelik aan die knaag.

“Kom sit, jy maak my ook senuweeagtig,” grom Paulus Mhlongo.

“Ek vertrou daai Poot niks. Die geld wat ons elektronies in sy rekening betaal het, het soos mis voor die son verdwyn voor ek die transaksie kon herroep. Shaun, ons man by die bank. antwoord ook nie sy foon nie,” brom Jack, terwyl sweet op sy kaalgeskeerde kop en voorkop blink. Hy knip nie ’n ooglid nie, sy bruin oë kyk starend, nikssiende voor hom, terwyl hy op en af stap. Dan gaan staan hy voor die venster en rol sy breë, gespierde skouers. Dit lyk of hy nie ’n nek het nie, met sy kort bondige bou en donker gelaatskleur.

“Vanaand skiet ek hom vrek,” fluister hy met oë wild van haat.

“Maak net seker die dossier is volledig voor jy hom skiet.”

"Dink jy ek is donners onnosel?"

Paulus staan op en strek sy lang seningrige lyf uit. Hy kyk emosieloos na Jack terwyl hy met sy regterhand oor sy digte bos afro hare streel. "Ek sê maar net."

Jack skud sy kop en knip sy oë. Kug dan hard.

"Iets voel nie vir my reg nie. Shaun antwoord nie sy foon nie. Boss het net vanoggend gesê ons hou by die plan, verder is hy stil. Jy weet ons mag hom onder geen omstandighede kontak nie."

Paulus sien die irritasie in sy oë.

"Ontspan, dis nie meer lank nie dan is alles verby. Maandag stap ons manne vry uit die hof. Kom ons gaan drink 'n dop, sodat jy kan ontspan. Wie weet, dalk is daar iets vir die oog in die dameskroeg."

"Jy is reg, kom ons gaan drink 'n dop. Om hier te sit en stres gaan ons niks in die sak bring nie," sê hy, terwyl hy sy swart leerbaadjie aantrek.

Tiens voel hoe die spanning uit sy lyf vloei terwyl die louwarm water oor sy kop stroom en hy hom inseep. Sy gedagtes lê in die wieg van drome van hom en Anette. Gisteraand het hy ontdek dat hy veel meer as vriendskap vir sy buurvrou voel. Liefde, dit is wat hy voel. Hy moet hy dit maar aan homself erken. Of hy nou wil of nie.

Die beeld van Anette met die roesrooi hare, geelgroen oë wat hom so fassineer en sonbruinlyf doem voor hom op en 'n sagte glimlag vorm om sy mond. Die skel lui van sy selfoon ruk hom uit sy droom. Vinnig draai hy die stortkrane toe, gryp die handdoek van die reëling af en vou dit om sy heupe.

Met sy nat lyf stap hy om die foon wat op sy bedkassie lê en skril, se mond te stil. Net toe hy die foon optel hou dit op skril. Hy herken nie die nommer nie.

Tiens het net begin om homself af te droog, toe die foon weer skel. Hy uiter 'n kragwoord voor hy die groen knoppie met sy duim oor die skerm van sy slimfoon vee. Nog voor hy iets kan sê, kraak die stem in sy oor. "Ons weet waar Denise is."

Duidelik is dit 'n waarskuwing, besef Tiens. Hy klem sy kake saam, uiter nog 'n kragwoord en voel hoe sy vrees verander in woede. Hy gaan staan voor die klerekas en haal diep asem om homself te kalmeer. Vinnig haal hy sy swart denim van die klerehanger af en trek dit aan. Hy haal 'n paar swart sokkies uit die kas, gaan sit op die kant van die bed en trek dit aan voor hy sy voete in 'n paar swart tekkies glip. Sy plan van optrede speel soos 'n rolprent in sy kop af.

Die lus vir 'n sigaret wil hom oorweldig terwyl hy 'n swart T-hemp oor sy kop trek. Rustig stap hy gang af kombuis toe, waar die aroma van kerrie nog in die kombuis hang. Die kerrie het hy reeds in 'n opskepbak geskep en hy gaan dit nou net in die yskas bere vir môre.

Hy tel die damptoestel wat op die kombuistafel lê op en suig daaraan om sy longe met nikotien te vul. Stadig blaas hy die gegeurde damprook uit. Weer suig hy daaraan en terwyl hy deur die los foliopapiere blaai, laat hy die rook deur sy neus en mond ontsnap. Hy plaas die folio bladsye in 'n A4 grote koevert en smeer van sy speeksel aan die gom gedeelte van die koevert om dit toe te plak.

Na die derde brandewyn en Coke, weet Jack wat hy gaan doen. Die enigste Poot wat jy kan vertrou is 'n dooie een. Hy kyk na Paulus en glimlag. “Na vanaand begin daar 'n nuwe lewe vir ons.”

“Daarop kan ek drink. Barman, gooi daar vir ons nog 'n dop - nie te veel coke en ys nie, dit gee sooibrand. Bly om te sien jy is nou relaxed, Bru. Jy het my laat worry.”

“Jy worry te gou. Kom laat ons gaan klaarmaak. Ek sal die docket by hom kry, jy moet my net cover.” Met een sluk, ledige hulle hul glase. Jack swaai sy kort bene van die kroegstoeltjie af en groet die kroegman met 'n kopknik. Paulus doen dieselfde en saam stap hulle woordeloos by die kroeg uit terug kamer toe, elkeen besig met sy eie gedagtes.

Tiens neem sy Z88 dienspistool, stamp die magasyn in en span hom. Hy maak seker dat die veiligheidsknip af is voor hy dit in die holster wat hy dra, laat ingly. Dan tel hy die koevert en sy bakkie se sleutels van die kombuistafel af op, plaas dit van sy regterhand oor na sy linkerhand. Met sy regterhand tel hy sy damptoestel op en teug daaraan. Een ding is seker - die ding het nie dieselfde effek as 'n sigaret nie.

Voor hy die Opel Corsa se deur oopmaak, rig hy sy oë hemelwaarts terwyl die aandlug diep inadem. Dit is 'n wolklose aand, die sterre flonker helder so saam met die volmaan se sagte lig. Vir 'n oomblik sluit hy sy oë, voel hoe spanning plek maak vir waaksaamheid.

Dit is tien voor tien toe hy by die stopstraat onderin Battery weg stop en hy regs draai in Harrismith weg. Sy oë vee oor die kantspieëls toe hy by die verkeerslig stop. Daar is geen voertuie wat van Watson weg se kant af oor die verkeerslig ry nie en niks verdag met donker getinte vensters van Francis weg se kant nie. Soos hy met Poort weg af ry, gaan lê onrus met 'n hol kol op die krop van sy maag. Hy is nou vrek lus vir 'n sigaret, nie damprook nie. By die verkeerslig onder in Poort weg draai hy regs in Murchison straat en ry verby die Polisiekantoor en die NG kerk.

"Jack, moet nou nie iets stupid gaan staan en doen nie, ons wil nie aandag trek nie," fluister Paulus met 'n bewing in sy stem. Jack kyk hom skreefoog aan maar sê niks toe hy by die voorportaal van die Royal hotel uitstap.

Tiens het net by 'n parallel parkering regoor die Royal hotel ingetrek toe hy die figuur in swart geklee in sy truspieël opmerk. Hy voel hoe sy hartklop versnel. Die volgende oomblik rig die man 'n pistool op hom, 'n skoot klap en die syvenster van die Corsa blom in duisend stukkies wit glas. Tiens se voet gly van die koppelaar af en die bakkie ruk met 'n bokspring tot stilstand. 'n Verlammende pyn ruk deur sy regterskouer en kant van sy kop. In die vêrte hoor hy stemme, geweervuur, dan stilte voordat hy in 'n diep duisternis wegsink.

Hoofstuk 13

Die son het net rooioog begin loer, toe Steven verby die Ulundi afdraai ry. Klanke van Bruce Miller se lied *I won't give* up vul die kajuit saam met 'n ligte vibrasie toe hy die klankstelsel harder stel en saamsing. Opwinding bruis deur sy are, 'n gevoel van bevryding kom nestel in sy hart. "Dankie, Petrus September. Vir 'n man met geen boekgeleerdheid, besit jy die wysheid van Salomo."

Hy glimlag toe hy ou Petrus se wyse woorde herroep. Petrus is reg, hy kan hoeveel perde soos Prins inbreek, maar dit gaan nie sy probleem oplos nie. Met die wat hy Melmoth binnery ontvang hy die warm verwelkoming van die son wat sag oor sy gesig streel en hom noodsaak om sy sonbril op te sit. By die vulstasie stop hy in die parkeerarea, klim uit en strek sy bene om sy stywe spiere te laat ontspan.

Steven haal sy selfoon uit sy hempsak en skakel vir Melanie om haar te herinner om die vrou van die kunsuitstalling te skakel en te laat weet hy kom reeds vandag en sal nie die kunsuitstalling môre kan bywoon nie. Hy sien nie kans vir mense en om heelaand met 'n pak klere rond te loop nie. Nadat Melanie hom verseker het dat sy dit reeds gedoen het, beëindig hy die gesprek.

Met 'n glimlag op sy gesig plaas hy die foon terug in sy hempsak en stap rustig na die Kafeteria om vir hom 'n wegneemkoffie te koop. Met sy wegneem boeretroos in die hand, klim hy terug in sy motor en vat 'n klein slukkie van die warm koffie. Hy plaas die koffie in die drankie-houer, leun terug teen die sitplek en sluit sy oë vir 'n oomblik.

Sonja se beeld doem voor hom op. Hy hoor haar klokhelder lag, onthou die sagtheid in haar heuningbruin oë wanneer sy met die perde gewerk het. Sy mondhoeke lig toe die beeld van Sonja wat oor die hooibaal val, voor hom verbyflits. Nou dat hy terugdink, moet hy erken dat dit deur haar toedoen is dat hy al minder in die truspieëltjie begin kyk het en die mooi in die nou begin sien het. Steven sug. Net toe hy met nuwe oë na môre begin kyk, word die mat onder sy voete uitgepluk.

"Ek gaan weg," bly Sonja se woorde deur sy kop refrein. Darem het sy nie soos Elna, net verdwyn nie. Hy is dankbaar bly dat ou Petrus se wysheid hom tot ander insig gebring het. Hy sien nie langer kans vir sy ou weë nie. "God laat alles te goede meewerk."

Waar kom dit nou vandaan, wonder hy met 'n vraagteken tussen sy oë. Na 'n lang sug wat hy diep onder sy diafragma gaan haal, draai hy die sleutel. Die klanke van Joe Dolan se *Hush Hush Maria* en die motor se sagte luier, is musiek in sy ore. Nog een stop om gister te groet, sake in Durban afhandel en dan kom die finale totsiens aan die verlede.

Stadig kruie hy agter 'n vragmotor wat suikerriet vervoer aan, kronkelend langs die suikerrietlande verby. In die Nkwaleni bergpas verander hy van baan en verminder spoed om by die vrugtestalletjies wat aan die ander kant van die pad is, in te draai. Die plek is gewoonlik 'n miernes van bedrywighede, maar is tans stil, seker maar omdat dit nog vroegoggend is.

Hy stop voor die een stalletjie en klim flink uit. Stadig asem hy die vars oggendlug in. Terwyl sy oë oor die immergroen vallei vee, vul 'n gevoel of absolute vrede hom. Hy en Elna het altyd hier gestop wanneer hulle vir haar ouers wat op Nongoma gebly het, gaan kuier het. Dan het hulle vrugte gekoop, want almal was lief vir vrugteslaai en roomys, veral na 'n Sondagmaal. Haar ouers het die saagmeule op die dorp besit, maar naweke was gesinstyd, daaraan het haar pa geglo.

Steven ervaar 'n ligte rilling langs sy rug af, toe hy terugdink aan die dag wat hulle lewe in rou gedompel het. Dit was 'n Sondagmiddag. Elna se ouers het vir die naweek by hulle in Westville kom kuier. Net na elfuur die Sondagoggend het pa Gert en ma Marie Fourie gegroet en die pad terug huis toe gevat, want Pa glo om vroeg by die huis te kom en alles reg te kry vir die werksweek. Elna was besig om te skilder en hy het op die bank gelê en boek lees toe sy selfoon lui. Hy was nogal verbaas, want dit is net Elna en sy skoonouers wat hom gewoonlik bel.

Die boodskap van die noodlottige ongeluk by die Ulundi afdraai, het Elna wees gelaat. Dit het 'n groot impak op hulle lewe gehad. Hulle was maar skaars twee jaar getroud, maar tog het hulle daardeur gekom. Daarom kan hy tot vandag toe nie verstaan waarom sy hom verlaat het en net verdwyn het nie. 'n Sug ontsnap deur sy lippe. Hy kon al geweet het, maar nee, toe is hy mos hardegat en ignoreer al die e-pos en oproepe van die prokureur.

Hy stap nader en by die eerste stalletjie koop hy vir hom piesangs, 'n papaja, 'n pynappel en 'n paar appels. Voor hy terugklim in die motor tuur hy weer oor die natuurskoon van die vallei en neem afskeid van gister. Sal hy weer geloof, hoop en liefde ervaar wat hy voorheen gehad het, voor dit saam met Elna verdwyn het, wonder hy. Ietwat traag klim hy terug in die motor, so al of hy die afskeid van gister langer wil uitrek.

Hy skakel die motor aan en ry in stilte vêrder teen die bergpas af. By die Empangeni afdraai, drink hy sy koffie wat al koud geword het klaar. 'n Gevoel van warmte wel in sy wese op toe hy onthou hoe Elna altyd speels gedreig het om nie vir hom koffie te maak nie, want hy laat dit altyd yskoud word voor hy dit opdrink. Dit is maar herinneringe en heimwee wat hom altyd sal bybly, al is gister verby.

Die landskap is immergroen en oral langs die pad sien hy Zoeloes wat hulle vrugte uitstal om te verkoop. Taxi's is nou nie juis van die mees bedagsame bestuurders nie. Hulle stop sommer en laai passasiers op en af langs die pad, so hy moet maar waaksaam wees en is daar nie tyd om in sy gedagtes rond te delf nie. Op die snelweg net verby die Dokodweni tolhek, sien hy uit die hoek van sy oog 'n blik van die oseaan en ruik hy dit ook. 'n Ligte briesie ritsel deur die boomblare van die bome wat soos soldate op aandag langs die pad staan. Dit saam met die wolklose blou van die lug laat hom meer ontspan. Aangesien dit nog vroeg is, besluit Steven om by die Ultra City te stop, so bietjie bene te rek en iets te ete te kry om die gaatjie in sy maag wat hom nou pla, vol te maak.

By die Ultra City stop hy in die parkeerarea, klim uit en trek die vars seelug diep in sy longe. Met sy arms bo sy kop rek hy hom uit. Met gemaklike tree stap hy in die rigting van die winkel, terwyl gedagtes aan Elna in sy kop bly maal. Sal hy ooit die hoofstuk van sy lewe kan afsluit, wonder hy.

Met die gedagtes van Elna wat so in sy gedagtes rondhardloop, het sy honger soos mis voor die son verdwyn. Hy koop vir hom 'n botteltjie Coke, hopende dat die suiker sy energievlakke en gemoed sal lig. Hy staan 'n oomblik nikssiende by sy motor, versonke in sy eie gedagte wêreld, voor hy die deur oopmaak en inklim. Hoeveel keer het hy nie al klaargemaak met gister nie? Die laaste keer, net na die nag saam met Sonja, het hy die oggend daar by die rivierstroom vir homself gesê gister is verby, maar steeds bly die vrae, die waaroms, in sy kop maal.

Terwyl hy so in bepeinsing sit voel dit vir hom of die bloed uit sy lyf syfer en raak sy arms die ene hoendervleis, toe hy die woorde van Filippense 4:6 duidelik in sy gedagtes hoor: *Maak in alles julle begeertes deur gebed en smeking en met danksegging aan God bekend.* Met 'n skok besef hy dat hy vir meer as 'n dekade lank antwoorde op al die verkeerde plekke gaan soek het, omdat hy kwaad vir Elna was, en God daarvoor blameer het. Skaam laat sak hy sy kop en sluit sy oë. Woorde ontbreek want hy weet nie meer hoe om te bid nie. Dan prewel hy sag, “Here vergewe my, wees my asseblief genadig.”

Dit voel of 'n groot las van sy skouers afval. Met 'n gevoel van opwinding en afwagting, draai hy die sleutel en glimlag saam met die dreuning van die motor.

Cecelia Swart, vee 'n goudbruin haarstring uit haar gesig, terwyl haar hande en mond tegelyk opgewonde beduie en babbel, toe sy Elna se kantoor binnestap. Elna kyk haar oopmond aan, sien die opgewondenheid in haar gesig en die erns wat haar donker oë ekstra swart laat blink.

“Bedaar! Ek verstaan nie 'n woord wat jy sê nie.”

Cecelia skep asem en dan stroom die woorde weer oor haar lippe. “Hy is op pad en gaan binnekort hier wees, jy moet klaarmaak.”

“Wie is op pad?”

“Steven.”

“Steven...?”

“Ja, Steven! Hoor jy nie wat ek sê nie.”

“Ek hoor, maar verstaan nie. Die kunsuitstalling se bekendstelling is eers môre,” laat Elna met 'n hees stem van haar hoor, terwyl 'n vraagteken tussen haar oë kom rus.

“Melanie Nel het my vanoggend vroeg geskakel om te sê Steven kom vandag om met jou oor die dokumente te gesels. Hy is op pad Amanzimtoti toe om glo vrede te gaan maak met sy gister, dit wat glo sy vrede steel.”

“Sy gister...?”

“Wat sy rede ook al is, is nie nou ter sake nie. Dat hy wel binne ’n uur of wat hier gaan wees, is wat nou saak maak,” laat Cecelia opgewonde van haar hoor, terwyl onsekerheid in haar oë se donkerte skuil.

“Kom hy na ons kantore toe of gaan hy hotel toe, daar waar die uitstalling gehou word?”

“Volgens Melanie, na die hotel toe.”

“Jy beter maak dat jy daar kom. Hy het nou al my beplanning kom deurmekaar krap en skielik is die woorde wat ek vir hom wou sê saam met die wind weggewaai,” fluister Elna terwyl trane van onsekerheid in haar blou oë opdam. Vinnig vee sy die trane met ’n snesie af.

“Ek kry net gou die dokumente van die kunstenaars bymekaar, dan volg ek jou.”

Cecelia kyk haar met deernis aan.

“Is jy seker? Moet ek nie maar wag nie, dan ry jy saam met my?”

“Nee, ry jy. Netnou kom die man daar aan, met net die hotelpersoneel en die sekuriteit daar. Dit sal beslis nie ’n goeie indruk skep nie.”

“Moet nou nie te lank draai nie, ek ry dan solank.”

Elna kyk haar agterna, laat sak dan haar kop en prewel ’n stil gebed. Onsekerheid knaag aan haar. Wat as hy haar verwerp? Nee, daaraan wil sy lief nie eers dink nie. Daar is nie dokumente nie, alles is afgehandel, sy moet net die boodskap in persoon aan hom oordra. Met haar handsak oor haar skouer, geklee in ’n swart langbroek en wit sybloes, saam met ’n gemaklike swart paar Baby Doll skoene, stap sy uit haar kantoor. Haar donker hare wat soos ’n sygordyn oor haar skouers hang en die ligte, soet lentegeur van haar parfuum laat haar meer selfversekerd voel.

Steven kan sy geluk nie glo toe hy so naby die hotel parkeerplek kry nie. 'n Gevoel van opwinding saam met onsekerheid, fladder in sy maag toe hy uit sy motor klim. Hy gaan staan eers langs sy motor en laat sy oë oor die see vee. Hy voel die soutigheid van die see wat aan sy lyf kleef. Hy is opgewonde oor die reddingsboei wat na Mooiplaas se kant toe kan kom, maar ook onseker oor die voorwaardes daaraan verbonde.

Voor die ingang van die lokaal word hy vriendelik gegroet deur 'n sekuriteitswag geklee in 'n grys langbroek, wit hemp, groen en geel strepies das, naamplaatjie aan die linkerkant van sy hemp vasgespeld en die logo van die maatskappy wat hy verteenwoordig op sy hemp se sak. Steven deel hom mee dat hy 'n afspraak met mevrou Swart het toe die wag hom wil keer om die uitstallingslokaal binne te gaan.

"Meneer Brink?"

"Dit is ek, ja."

"U kan maar deurstap. Mevrou verwag u, maar is tans net gou uit. Sy het gesê u moet maar solank 'n bietjie rondkyk."

"Dankie, Vincent."

Steven draai om toe hy 'n vrou se stem agter hom hoor en kyk vas in 'n paar groot, donker oë.

"Meneer Steven Brink?"

Hy bevestig met 'n kopknik.

“Cecelia Swart, aangename kennis. Noem my gerus Cecelia,” sê sy glimlaggend met 'n uitgestrekte arm. Met 'n stewige handdruk word die kennismaking beseël.

“Dit is werklik jammer dat u nie môreaand se geleedheid kan bywoon nie.”

“Noem my gerus Steven. Ek sou dit graag wou bywoon, maar weens ander verpligtinge is dit nie vir my moontlik nie.” Hy voel skuldig oor die wit leun, maar het nie die vrymoedigheid om sy persoonlike sake met 'n vreemde te deel nie.

” Kan ek vir ons koffie maak dan kan jy so bietjie rondkyk?”

“Dit sal heerlik wees, ek het op Melmoth laas koffie gehad. My keel dink juis hy is in 'n dor woestyn. Melk met twee teelepels suiker,” laat hy glimlaggend van hom hoor. Cecelia voel hoe die spanning in haar wese soos mis voor die son verdwyn. “Nou voor ek met dooie kamele sit, laat ek die koffie gaan maak”

Hy verwonder hom aan die kunswerke en die beligting wat elke skildery perfek belig. By elke kunstenaar se werk is daar 'n netjies kenskets. Nog voor hy die kennisgewing lees, kan hy duidelik sien die tema is Afrika. Aan die een kant van die lokaal is skilderye van die Groot Vyf, aan die ander muur word die see, berge en landskap uitgebeeld. Dit word geskei deur 'n skildery wat nie deel van die tema vorm nie. Met sy nuuskierigheid behoorlik geprikkel, stap hy daarheen.

Cecelia kom met twee bekers koffie aangestap. Hy neem syne en bedank haar. Terwyl hulle staan en gesels, wagtend dat die koffie drinkbaar word, lui

Cecelia se selfoon. Op die skerm sien sy dat dit Elna se nommer is. Steven sien hoe haar oë versluier.

"Verskoon my, ek moet die oproep neem."

Met sy beker koffie in die hand, gaan staan hy voor die skildery. Hy vind dit vreemd dat daar nie 'n kenskets is nie. Die skildery is ook nie onderteken nie. 'n Frons kom lê tussen sy oë. Dit voel so al of hy die skildery voorheen gesien het... Dit kan mos nie wees nie?

'n Koue rilling loop langs sy rug af, dit voel kompleet of iemand 'n beker yswater oor sy kop omgekeer het. Steven hoor hoe voetstappe agter hom stil raak. Sonder om om te kyk, sy oë vasgenael op die skildery, vra hy, "Wie het die skildery geskilder?"

"Ek het."

Steven word yskoud toe hy die stem herken.

Elna sien verwarring en verbasing in sy blou oë toe hy omdraai. Sy skrik vir sy bleek gelaat en met 'n uitgestrekte arm probeer sy na hom uitreik, maar sonder om 'n woord te sê stap hy by haar verby. Elna se arm val slap langs haar sy. Met trane wat uit haar blou oë stroom, kyk sy hom agterna. Wat het sy gedink, dat hy haar na 'n dekade se stilswye met oop arms gaan ontvang?

Verdwaas, verward soos 'n slaapwandelaar, stap Steven by die hotel uit. Hoe is dit moontlik? Nee, dit moet sy verbeelding wees, dit kan nie Elna wees nie.

"Steven!"

Verward kyk Steven om toe hy sy naam hoor.

Met 'n breë glimlag kom Billy aangestap.

"Wat maak jy hier in die stad?" vra Steven.

"Besigheid, maar sê my hoe het dit gegaan? Is die kontrak beklink?" wil Billy weet.

Vir 'n oomblik is daar verwarring in Steven se oë. "O! Nee, ek het haar nie te siene gekry nie."

Billy kyk na hom met opgetrekte wenkbroue.

"Dit is nou jammer, wat gaan jy nou doen?"

"Ek gaan nou vakansie hou, my gister agter my sit en kyk wat die toekoms vir my inhou. Ek is jammer Billy, maar ek kom nie terug na daardie uitstalling toe nie."

Vir 'n oomblik is daar 'n stilte tussen hulle wat swaar in die lug bly hang, voor Billy dit verbreek.

"Aangesien my besigheid afgehandel is, sal ek gaan onderhandel. Gaan jy en geniet die begin van jou vakansie, ek sal vanaand die nuus met jou kom deel. Hou maar die sjampanje op ys en 'n paar biere koud."

"Dankie, Billy. Ek gooi vir ons 'n vleisie op die kole en die spaarkamer is joune, want ek kan jou mos nou nie onder die invloed van alkohol laat bestuur nie," sê Steven glimlaggend.

Billy sien die onsekerheid in Steven se oë voor hy omdraai en wegstap. Ek wonder wat vreet aan hom, dink hy, toe hy die trappe stadig opklim.

Adriaan se motor het skaars stilgehou voor Johanhulle se huis, toe Johan op die stoep uitgestap kom. "Ek was nou net op pad om julle te gaan soek, jou suster wou al die polisie bel. Vir wat antwoord julle nie julle fone nie? Lindi gaan jou braai."

"Nie vanaand nie," laat Adriaan met 'n glimlag van hom hoor. Johan kyk hom met opgetrekte wenkbroue aan.

"Wat bedoel jy?" Lindie het die stemme op die stoep gehoor en kom nuuskierig uitgestap. Sy sien dit is Adriaan en Denise en dadelik is sy op die aanval.

"Vir wat antwoord julle..." Voor sy haar sin kon voltooi, val Adriaan haar in die rede.

"Wil jy baklei, of die goeie nuus hoor," vra hy met 'n ondeunde glimlag op sy gesig. Lindi kyk hom verbaas aan. Kompleet soos 'n vis op droë grond gaan haar mond oop en toe, sonder dat daar 'n woord uit haar mond kom.

"Nou vir wat sal ons op die stoep bly staan? Kom ons gaan sit onder die lapa met iets koel in die hand om te drink. Dit is so 'n heerlike aand buite. Dan kan jy die goeie nuus rustig met ons deel, Adriaan. Ek het self ook iets op die hart," kom Johan tot Lindi, wat nog met verwarring in haar oë na Adriaan loer, se redding. Johan skink vir die dames elkeen 'n glasie rosé wyn en vir hom en Adriaan 'n koue bier. Met 'n drankie in die hand het hulle skaars gesit, toe wil Lindi weet wat die goeie nuus is. So ewe sedig, met 'n glimlag verskans in sy oë, antwoord Adriaan, "Ons is verloof."

Vir 'n oomblik is Lindi stomgeslaan, so al of sy hoor en ook nie hoor nie. Toe die liggie in haar kop aangaan, spring sy juigend op, omhels Denise en toe vir Adriaan. "Geluk! O, dit is die beste nuus wat ek in jare gehoor het, wanneer is die groot dag? Julle moet my genoeg tyd gee om die grootste trou van die jaar..."

"Stadig vrou, jy span nou die perde voor die wa. Baie geluk julle twee."

Lindi kyk haar man half vererg aan. "Wat weet jy van troues af?"

“Wag, wag. Ons het nog nie oor 'n datum besluit nie, daar is nog dinge wat afgehandel moet word, maar ons sal jou vroegtydig laat weet,” antwoord Denise.

“Dit is nou indien ons nie Maandag voor die hof trou nie,” gooi Adriaan ook sy stuiwer in die armbeurs.

“Julle kan dit nie doen nie,” brom Lindi.

“Jy weet mos ons sal dit nie doen nie, maar asseblief hou dit klein, net ons intieme vriende,” sê Adriaan, terwyl Denise ter ondersteuning, haar kop knik.

“Sodra julle terug is van die uitstalling, begin ons met die beplanning en reëlings.”

“Dit, my liewe sus, los ek in jou en Denise se bekwame hande,” laat Adriaan glimlaggend van hom hoor.

Met 'n kuggie maak Johan keel skoon. “Kan ek ook nou 'n kans kry om my goeie nuus te deel? Of gaan ons die hele aand oor die troue praat?” vra hy so ewe sedig. Lindi kyk hom verbaas aan. Voor sy 'n woord kan sê, bars almal uit van die lag.

“Ja, my man, ons is die ene ore.”

“Dankie, my vrou. Denise, Billy kan nie uitgepraat raak oor hoe mooi die opset van die uitstalling is nie. Alles pas perfek by die tema, elke skildery met hulle kenskets, die beligting wat die skilderye beklemtoon... Die man was skoon in vervoering en spreek sy gelukwensing uit. Al is die opening eers môreaand, weet hy dit gaan 'n groot sukses wees. Hy het ook genoem dat daar voortgegaan kan word met die nuwe projek.”

“Dit is wonderlike nuus, my man, ek weet hoe jy daaroor gestres het,” gil Lindi uit terwyl sy haar arms om sy nek slaan.

“Baie geluk, Swaer. Ek sal my aanstaande vanaand behoorlik gelukwens,” laat Adriaan van hom hoor, terwyl tergduiwels in sy oë dans.

Hoofstuk 14

Steven asem die vars seelug diep in waar hy op die balkon van die negentiende verdieping van die Stella Maris vakansiewoonstelle waar hy tuisgaan, staan. Die mense lyk so klein van hier bo af, wat hom laat dink hoe nietig die mens maar is. Hy kyk hoe die see teen die rotse klots, terwyl branders op die strand uitspoel, terugtrek en so paar poele skuimwit agterlaat. Met gedagtes net so stormagtig soos die see, ry sy emosies wipplank. Duidelik hoor hy nog die woorde wat vanoggend nog deur sy kop gemaal het. God laat alles ten goede uitwerk, hou moed.

Vir byna 'n dekade het hy verlang om Elna te sien. Net om haar stem te hoor sou genoeg wees. Vandag gebeur dit uiteindelik. En wat doen hy? Hy draai om en stap weg, sonder 'n woord.

Haar beeld bly by hom. Sy is mooier as ooit. Hoekom het hy weggestap? Was hy bang om die waarheid in die oë te kyk? Bang om te hoor dat die huwelik verby is? Hy het altyd gehoop daar is 'n verduideliking, 'n kans vir 'n tweede begin. Dalk was dit hoekom hy nooit die prokureur gekontak het nie.

Hy draai stadig om en stap die woonstel binne. In die kombuis haal hy 'n glas uit, spoel dit uit en skep ys daarin. Dan vul hy dit met Coke. Hy stap sitkamer toe en neem 'n sluk. Daarna sit hy dit op die koffietafel neer en maak homself gemaklik in 'n stoel met 'n uitsig oor die see.

Vanaand sal hy met Billy praat. Dalk het Billy raad. Hy maak sy oë toe en luister na die dreuning van die see. Steeds sien hy Elna voor hom. Hy het nooit die prokureur gekontak nie, want hy wou self met haar praat. Maar, toe die kans kom, het hy eenvoudig weggestap.

Die woonstel voel skielik te klein. Hy moet uit anders gaan hy versmoor. Hy trek die deur toe en stap na die hysbakke. Gelukkig is die hysbak se deure oop. Hy tree vinnig binne, druk die G-knoppie en leun teen die muur. Die dreuning van die hysbak vul die stilte.

Buite gaan sit hy op 'n bankie. Voor hom strek die see uit. Duiwe pik rustig stukkies kos op rondom hom. Op die rotse staan 'n paar vissermanne en gooi hulle lyne uit. Die golwe spat wit skuim teen die klippe. Dit bring 'n vreemde rustigheid oor hom.

'n Ligte briesie waai en breek die bedompigheid. Agter hom hoor hy vrolike gelag. Hy draai sy kop effens. Uit die hoek van sy oog sien hy 'n paartjie verby stap, hand aan hand. Albei het 'n roomys in die hand.

'n Seemeeu sit op 'n rots. Dit wag geduldig vir 'n stukkie aas. Hoop, dink hy. Hoop is soos 'n wortel voor 'n donkie. Dit hou hom aan die beweeg.

Hy sug, staan op en stap stadig terug woonstel toe.

"Elna, ek kan nie glo dat ons vir byna 'n dekade via 'n prokureur kommunikeer nie. Jou versoek en voorwaardes het ek vreemd gevind, maar na my kennismaking met Steven, het sy entoesiasme en liefde vir perde gemaak dat ek skoon daarvan vergeet het. Die voorwaarde van die nuwe belegger om persoonlik met Steven te onderhandel, het ek nie juis vreemd gevind nie, want Steven se liefde en kennis vir en van perde is landwyd bekend. Min het ek geweet wat die eindelike rede vir die versoek was," sê Billy glimlaggend.

Hy sien die seer in haar blou oë toe trane oor haar wange rol. Troostend plaas hy sy hand op haar skouer en gee dit 'n ligte drukkie. "Niks wat ek gaan sê, gaan troos of hoop vir jou bring nie. Wat ek wel weet, mense wik, maar God beskik, en dit is wat nie wat jy nou wil hoor nie."

"Ek weet, Billy. Ek is al deur baie storms en elke keer het Hy my deurgedra, maar ek is ook maar net 'n mens. Twyfel kom sit ook maar soms op my skouer," sê Elna met 'n bewing in haar stem.

"My vermoede is dat die skok, toe hy jou stem hoor en jou sien, te groot was vir hom. Ek kon skok en verwarring op sy gesig sien. Ek het sy optrede vreemd gevind, want toe hy sê die kontrak is nie beklink nie en hy kom nie terug nie, het my wenkbroue gelig. Dit is nie hoe ek hom ken nie, want die perde is sy lewe, maar nou verstaan ek. Gaan oorweeg my voorstel, ek sien werklik uit om die plaas aan jou wys. Maar nou moet ek ry, want anders gaan ek nie al my draaie kry nie."

"Dankie vir die bemoediging, ek sal jou voorstel beslis oorweeg. Veilig ry," groet sy en kyk Billy vir 'n wyle agterna toe hy wegstap.

Elna het haar besluit geneem. Sy draai om en stap doelgerig die hotel binne om Cecelia haar besluit te gaan meedeel. Cecelia kyk haar grootoog aan, maak haar mond oop om eers te protesteer, maar besluit daarteen. "Gaan, en gaan kry rus vir jou siel. Ek en Gerhard Steyn het alles onder beheer."

"Dankie dat jy verstaan."

Cecelia sien die onsekerheid verskans in Elna se oë. "Kom dat ek jou 'n drukkie gee. Alles sal uitwerk soos dit moet, onthou dit."

"Jy is besonders stil vandat ons tuisgekom het. Ek hoop nie dit is my suster wat jou so oorweldig het met haar sprokiestroue idees nie. Ek sê nog, ons moet Maandag voor die Landdros in die hof trou en gaan wittebrood hou."

Denise lag. "Dit klink belowend, maar ek het nog my lewe lief. Jou suster vermoor ons al twee. Dit is nie dit wat my pla nie. Ek het nou 'n boodskap van Cecelia ontvang. Elna kan weens 'n persoonlike rede nie môreaand se opening bywoon nie en die oproep van Tiens laat my met baie vrae."

"Jy het mos nou gehoor hoe Billy die uitstalling lof toeswaai. Vergeet van Tiens en ontspan," sê Adriaan, terwyl sy arms haar omsirkel. Alle kommer word besweer toe hulle lippe mekaar vind.

*****

Steven staan in verwondering en kyk hoe skemer sy sjampanje oor die see skink, terwyl hy met hartsverlange elke oomblik indrink. Die dreuning van die see is vir hom soos sy gemoed - stormagtig. 'n Frons kom kuier tussen sy oë toe hy die huiwerende klop aan die deur hoor. Dis seker sy verbeelding, dink hy, maar stap tog om te gaan kyk wie by die deur is. Dis seker die skoonmakers, sug hy.

Dit is Elna wat voor die deur staan. "Wat maak jy hier?" vra Steven skor, maar staan tog opsy sodat sy kan ingaan. 'n Soet lentegeur prikkel sy neus terwyl sy verbystap en hy haar agternakyk. "Kan ek vir jou iets kry om te drink?"

"Sap of enige iets kouds sal heerlik wees, dankie," antwoord sy toe sy gaan sit.

Steven skink vir hulle elkeen 'n glas lemoensap terwyl vrae deur sy kop maal. Dit voel vir hom kompleet of 'n elektriese lading deur hom vloei toe hulle hande aanmekaar raak. Hy kyk vinnig weg en gaan sit met sy glas lemoensap in die hand op die ander gemakstoel. 'n Ongemaklike stilte kom lê tussen hulle, 'n stilte wat nie eers deur die dreuning van die see verbreek kan word nie. Uiteindelik verbreek Steven die stilte.

"Wat wil jy van my hê, Elna? Na tien jaar daag jy hier op, uit die bloute. Wat wil jy hê moet ek sê? Het jy verwag dat ek jou met ope arms gaan verwelkom?"

"Ek is jammer."

"Jammer? Vir wat? Dat jy my vir 'n dekade vir die gek gehou het, of dat dinge nie vir jou uitgewerk het soos jy beplan het nie?"

Elna sien die pyn in sy oë en hoor die woede in sy stem. Trane begin langs haar wange afrol.

Steven staan op en loop uit om op die balkon te gaan staan, oor die see te tuur en sy emosies onder beheer te kry. Elna neem 'n slukkie van haar sap, hopende dat dit 'n bietjie kalmte in haar sal bring. Sy maak haar oë vir 'n wyle toe, want haar senuwees knaag maar. Steven se hart vermurwe toe hy omdraai en sien hoe verwese sy lyk. Met 'n skuldgevoel oor sy kortaf woorde, stap hy die sitkamer binne en gaan sit weer op sy stoel. Sy maak haar oë oop toe sy hom hoor binnekom. Voor sy iets kan sê kyk Steven haar in die oë. Hy voel hoe sy hart in skerwe breek toe hy die hartseer en pyn in haar oë waarneem.

"Ek is werklik jammer oor my uitbarsting. Dit was ongevraagd."

"Dit is verstaanbaar. Ek glo ek sou net so opgetree het as ek in jou skoene was." Sy neem 'n sluk van haar sap, sluit haar oë en begin met 'n ligte bewing in haar stem praat. "My besluit om weg te gaan was impulsief, uit vrees geneem."

Steven maak sy mond oop om iets te sê maar Elna lig haar hand en skud haar kop om aan te dui hy moet wag dat sy klaar praat. "Onthou jy daardie Sondag wat die dominee gepreek het oor die vrou wat aan bloedvloeiing gely het en genees is deur net aan Jesus se kleed te raak?"

Steven knik sy kop. "As ek nou reg kan onthou het ons na die diens gaan koffie drink in die Wimpy."

"Ek het vas geglo dit was die antwoord op my gebed." Sy sien hoe Steven frons.

"Antwoord op gebed? Ek verstaan nie. Wat bedoel jy met antwoord op gebed?"

"Jy sien, ek was daardie Vrydag dokter toe, want ek het 'n knop in my bors gevoel. Ek het eers gedink dit is my verbeelding. Dokter Pieters het bevestig dat dit baie klein is en ek hom weer moet kom sien as dit groter word. Ek het daardie Sondagoggend die preek gesien as antwoord op my gebed."

"Waarom het jy my nie vertel nie?"

"Want ek wou jou nie ontstel. Ek het nie gedink dit is ernstig nie. Die Maandag, terwyl ek besig was om te skilder, het dokter Pieters geskakel en my meegedeel dat hy 'n biopsie aanbeveel om net doodseker te maak. Soveel emosies het deur my gedagtes gemaal. Vrees, woede en angs ... onsekerheid wat sy arms om my vou en meesleur, soos opdrifsels van 'n rivier in vloed.

"Jou woorde, na ons laaste liefdespel die Sondagaand, het deur my gemaal. "Jou rondings is perfek, net vir my gemaak. 'n Hand vol en 'n mond vol." Die bewondering in die vensters van jou siel het my bygebly. Vrees vir verwerping, bejammering en selfvernedering het gemaak dat ek irrasioneel opgetree het. Nooit het ek aan jou liefde getwyfel nie, maar wou nie hê jy moet my so sien nie - gestroop van my vrouwees." Elna skrik toe sy die wit doodskleed van Steven se gesig sien.

"Hoe kon jy, ek meen..."

"Laat my asseblief toe om klaar te praat." Sy neem 'n sluk van haar sap om die kraak in haar stembande te lawe. Sy hoop dat dit dieselfde effek as olie op 'n geroeste skarnier sal hê.

"Dit was die domste en selfsugtigste besluit wat ek ooit in my lewe geneem het, het ek besef toe ek alleen die pad moes stap. Ek het Marie, my niggie, laat belowe dat sy niks vir jou sal sê nie toe ek by haar in Pietermaritzburg gaan aanklop het vir hulp. Ek het geweet jy sal my nie daar kom soek nie. Jy het wel van haar geweet, maar jy het haar nie geken nie en nog minder geweet waar sy bly.

"My eensaamheid en verlange kan ek nie in woorde uitdruk nie. Die chemo is deur 'n port in my bors, naby my skouer, in my lyf gepomp. Dit was geensins seer nie, maar die gif wat hulle in jou lyf spuit maak jou bitter naar, siek en swak. Sommige dae het ek gewens ek gaan dood. Na die chemoterapie is die mastektomie gedoen en toe het ek weer chemo gekry. Ek het soggens opgestaan met klosse hare op my kussing. Geloof, hoop en liefde het saam met die afskeer van my hare verdwyn.

"Daarna het die bestraling begin. Dit was nie seer of ongemaklik nie. Ek het sestien bestralingsessies van sowat vyftien minute per sessie ontvang. Vier dae van die week, met een dag rus en 'n naweek tussenin. Gedurende die bestraling is jy alleen, jy mag nie beweeg nie, maar dit is ook die tyd wat jou gedagtes jou emosies laat wipplank ry. Op en af, rondomtalie wriemel dit deur jou wese."

Saam met die ligte briesie kom die reuk van die see die woonstel deur die oop skuifdeur binne gesweef. Stadig staan Steven op, vat Elna aan haar hand en trek haar op. Hy plaas sy arms versigtig om haar skouers, terwyl haar arms huiwerig sy rug en skouers omvou.

Na 'n ruk, toe Steven voel hy het sy emosies onder beheer en kan sy stem vertrou, vat hy haar aan haar skouers en druk haar weg. Hy kyk af na haar, vee saggies met sy duim oor haar wang en kyk diep in haar oë. Dan neem hy haar aan die hand.

"Kom ons gaan staan op die balkon en luister na die see se liefdesmelodie, sy lirieke vir die strand se sand."

Onder die wolklose hemel, met die maan wat sy ivoorlamp oor die branders vee en met die sterre flankeer, wieg 'n ongemaklike stilte heen en weer tussen hulle. Steven sluk twee keer om die gekrap, wat voel soos sand tussen sy voetsool en plakkie. uit sy keel te kry. Sy skouers knoop die spanning op een plek saam, terwyl sy oë oor die branders tuur. Elna voel die spanning in hom aan. Stadig draai sy dwars om na hom te kyk.

"Steven, ek is..."

"Elna, my woorde het opgedroog, soos die vloei van 'n nie-standhoudende rivier. Ek weet nie hoe om dit vir jou te sê nie. Terwyl jy veg om jou lewe, het ek soos 'n..."

Voor Steven sy sin kon voltooi, plaas sy haar vinger op sy lippe. Die vars suurlemoen geur van haar hare en die bekende reuk van haar hande oorweldig hom en hy vou al twee sy hande om haar hand, terwyl sy vlootblou oë swem in trane.

"Ek weet alles van jou doen en late."

"Hoe bedoel jy, jy weet alles?"

Elna knipoog en glimlag vir hom. "Ek het my kontakte. Maar gaan jy nou 'n vrou laat omkom van honger, meneer Brink?"

"Kos is die laaste ding waaraan ek nou dink," sê hy terwyl hy sy hande sag om haar gesig skulp en sy lippe die sout van die see op haar lippe proe. Die soen verdiep saam met die gedruis van die see.

"Die rede waarom ek gevra het dat jy persoonlik die kunsuitstalling moet bywoon, is..."

"So gepraat van die kunsuitstalling - môre moet jy asseblief saam met dié plaasjapie die winkels invaar om iets deftig te koop. Ek kan nie dat my vrou haar op haar groot aand skaam vir haar man se kleredrag nie. Terwyl ek vir ons iets aanmekaarslaan om te eet, kan jy my alles vertel, of verkies jy om eerder te gaan uiteet? Ons kan ook maak soos toe ons op wittebrood was en net 'n pak skyfies saamvat kamer toe," sê hy met 'n skalkse glimlag.

"Skyfies is voldoende," antwoord Elna terwyl sy Steven liggies in die nek soen.

Geloof hoop en liefde het oorwin.

*****

Adriaan kyk met bewondering en liefde na Denise toe hulle Sondagoggend by die Balmoral hotel uitstap en hy sy vingers deur hare vleg. "Wag! Ek moet eers maak soos die jonges en 'n selfie neem saam met die mooiste, suksesvolle kunstenaar."

"Jy is lekker verspot," sê sy terwyl 'n ligte seebries deur haar kuif wapper. Adriaan neem sy selfoon in sy regterhand en met sy arm om haar skouer, gesigte bymekaar, neem hy die foto.

"Nou kan ek my Facebook profiel ook mooimaak, dit nogal saam met die gewildste skilder van gister se suksesvolle kunsuitstalling. Dit was 'n aand vol verrassings. Jy kon my met 'n veer omtik toe Steven en Elna daar aankom, hand aan hand."

"Ek en Elna werk al jare saam maar ek sou nooit kon raai sy is getroud nie. Ons het eintlik nooit oor ons persoonlike lewens gesels nie," sê sy.

Denise stop in haar spore toe sy die koerantfoto teen die lamppaal sien. Sy sien die koerantverkopertjie met sy hopie koerante op die sypaadjie sit, 'n entjie weg van die hotel af. Sy wikkel haar vingers uit Adriaan s'n en stap vinnig, met kort treë na die verkopertjie. Sy stop 'n noot in sy hand en hy oorhandig die koerant met 'n glimlag. Verstom staan Adriaan haar en aangaap terwyl sy die berig lees van twee sindikaatleiers wat noodlottig gewond is, die inhegtenisname van die res van die sindikaat en Tiens se halfhartige optrede tydens die inhegtenisname en oopvlek van die res van die sindikaat.

Met die woorde, "Adriaan, my engel, ek dink ons kan nou ons droomplekkie langs die Suidkus van Natal gaan soek," stap Denise in Adriaan se oop arms in.

.

Geagte Leser

Ons hoop dat u ons boek geniet het en dit boeiend gevind het. U terugvoer is baie belangrik vir ons en vir toekomstige lesers.

Ons sal dit baie waardeer as u 'n paar oomblikke kan neem om 'n resensie op Amazon te skryf. U mening help ander om ingeligte besluite te neem en dit help ons om beter te verstaan wat ons lesers waardeer.

Baie dankie vir u ondersteuning!

Vriendelike groete

Die Malherbe Span

www.ingramcontent.com/pod-product-compliance
Lightning Source LLC
Chambersburg PA
CBHW072230190626
46809CB00017B/1686

* 9 7 8 1 9 9 1 4 5 5 9 1 8 *